白貓黑貓系列

趣味學世界文學

圖：馬星原　文：方舒眉

中華書局

目錄

文學主義知多少？

序

打開世界文學的一扇窗

甚麼是「世界文學」？

要正確定義，是一個公認難題；若簡單來說，就是世上各國各地的文學作品囉！

好吧，這顧名思義的答案不能算錯，但世界之大，文學作品之多，任何人窮一生時間和精力，肯定沒可能盡覽。故此，我們口中所說的世界文學，應是大眾所認定的文學經典，這樣範圍就收窄了很多。

但是，要在100篇短文道盡所有世界文學經典，仍然是不可能的任務！

筆者嘗試精選及深入淺出介紹100篇世界文學中重要的作品和作家，以期讓讀者對環宇各地文學有初步了解，但無疑地也有掛一漏萬之處，或尚有其他經典未被編入，請讀者諸君明白。看了這本《趣味學世界文學》之後，若對世界文學產生興趣者，可以自己涉獵研究，找尋此範疇作品的足跡，誠能如此，已是作者至願。

方舒眉

2019 年 3 月

出發！

「出發！
世界文學之旅」

世界文學之旅

??

不限於一個時代
──莎士比亞

英國　1564-1616

威廉·莎士比亞（William Shakespeare，1564-1616）是英國著名文學家，以創作戲劇和詩為主，被譽為英國文學史上最傑出的戲劇家。莎士比亞的四大悲劇舉世聞名，《哈姆雷特》《馬克白》《李爾王》《奧賽羅》，由創作至今曾經被搬上不同的舞台，歷久不衰。

莎士比亞除了是一位戲劇大師以外，也是傑出的語言大師，他於戲劇當中運用的語法、諺語、詞彙等大大影響了當代英語。最具特色的是他在口語化的文字中，融入詩的優美，行文生動，旋律動人。而其塑造的情節更是層次豐富，線索無窮。他人物眾多悲喜交集的故事，幾個世紀以來的讀者皆被深深觸動。

與莎士比亞同年代的作家本·瓊森（Ben Jonson）曾如此說：「莎士比亞不屬於一個時代而屬於所有的世紀。」這句話在四百多年後的今天，更明切證實其文學存世的重要性。從國際間對莎士比亞誕辰的隆重慶祝更可見一斑。

歐州文學宗匠 —— 拉伯雷

法國　約 1493-1553

　　法國文藝復興時期的作家，弗朗索瓦・拉伯雷（François Rabelais，約 1493-1553），是人文主義的代表人物。

　　他的代表作《巨人傳》的第一部，寫笨拙的巨人卡岡都亞在接受人文主義教育後，得到從身體乃至精神的鍛煉，重新煥發生機。拉伯雷藉此故事宣揚人文主義的主張，即以理性和仁慈主導生活的價值觀，同時諷刺舊教育制度的不足，批評僵化的教會。

　　《巨人傳》文筆風趣幽默，故事生動有趣而寓意深厚，在當時可謂轟動一時的著作。但因題材涉及抨擊教會而遭受打壓，他只好以假名出版，直到 1545 年才得到國王准許，以真實姓名出版《巨人傳》的第三部；第五部更是在他去世後才得以出版。

　　拉伯雷在文學上贏得巨大成就，其本人不消說正是博學多才之人，從神學、法律學和醫學，乃至藥理學、星相學和航海術都有頗深造詣；此外，他更精通希臘語、拉丁語和意大利語三種語言，是當之無愧的文學大匠。

《伊索寓言》的故事 影響深遠

古希臘　相傳為公元前 6 世紀

《伊索寓言》源自古希臘的寓言故事集，相傳是伊索憑記憶所口述的故事，後編成合集。這些寓言篇幅短小，多以動物為故事的主角，藉此闡述深遠道理。

《叼着肉的狗》《農夫與蛇》《北風與太陽》等短篇故事，相信正是不少人兒時的沐前故事，它們情節簡單、有趣，卻又寓意深遠，相信就算是成人閱讀，也能有所得益。其中《叼着肉的狗》講述一隻狗叼着肉過河時，看到自己水中的倒影，以為有另一塊肉，當牠張口撲向河中時，便連自己口中的肉一併失去。這寓言故事正是告誡人，貪心只會令人得不償失。

雖然早在伊索之先已有動物寓言，但以兒童為對象的《伊索寓言》仍是經典之作，對後世歐洲寓言的發展影響深遠。古羅馬作家費德魯斯稱自己的寓言故事為「伊索式寓言」，借用並繼承《伊索寓言》精神的傳統創作，足見其影響之深。

故事中的故事
──《一千零一夜》

古波斯　9 世紀

　　《一千零一夜》最早誕生於古波斯文明時代，於 9 世紀成書。《阿里巴巴和四十大盜》《阿拉丁的神燈》《漁翁、魔鬼和四色魚》……這些故事出自阿拉伯民間故事集《一千零一夜》，相信各位都耳熟能詳。但你又是否知道，《一千零一夜》中的許多故事，都是由一個身在故事中的人講述出來的呢？

　　相傳，《一千零一夜》源自波斯國王山魯亞爾的變態心理。山魯亞爾的結髮妻子對其不貞，他哀憤之下處死了她，自此再也無法相信女人。作為對全體女性的報復，山魯亞爾每日娶一位少女，但翌日即將她處死。

　　終有一日，負責的官員找不到合適的少女了。官員的女兒雪赫拉莎德為幫助父親不受處罰，決心用自己的聰明才智拯救其他無辜少女，自告奮勇嫁給國王。她的自保之道，就是每夜講一個故事，講至最精彩處，天便亮了，令欲知後事的國王不忍將其處死，留她到下一夜講完，夜夜如是。一千零一夜後，雪赫拉莎德終於打動了國王，國王沒有把她處死，二人更是白頭偕老。

欲知結局，給個讚喔！

莫里哀被禁示上映的《偽君子》

莫里哀（Molière，1622-1673）是法國古典主義時期著名的喜劇作家，也是與莎士比亞齊名的戲劇家。他創作的劇本中，《偽君子》這部被禁止上演的劇目最為經典。

《偽君子》講述一個宗教騙子達爾杜弗騙得富商信任，富商打算將女兒嫁給他，甚至還要將家產贈與他。全家人都反對富商的做法，但富商一意孤行。恰巧達爾杜弗圖謀勾引富商的妻子，於是富商家人們利用這件事，使富商看清達爾杜弗的真面目。富商幡然醒悟，將這個騙子送進了牢裏。

當時教會擁有至高無上的權力，他們監視甚至陷害自由思想者，民眾對教會組織都表示不滿。莫里哀寫成《偽君子》，揭露教會的虛偽與醜惡，表達了社會的反宗教意識。

1664 年 5 月，莫里哀將這部作品演給國王看，惹怒了巴黎大主教，劇作被禁止上演。直到他死的那年，《偽君子》才第一次公開演出，並取得巨大的成功。

君子坦蕩蕩
——《懺悔錄》

法國　1712-1778

讓-雅克·盧梭（Jean-Jacques Rousseau，1712-1778）是18世紀的思想家，法國啟蒙運動的代表人物。他的《社會契約論》將人與社會的關係比作一個契約，而政府的產生，只是為執行契約而已。其主權在民的思想，是現代民主制度的基石。美國獨立革命和法國大革命也將其奉為基礎。

而他晚年所著的《懺悔錄》，是他自我剖白毫不隱藏陰暗面的自傳。《懺悔錄》全書分12章，記錄了盧梭50多年的生活經歷。此書的主題是盧梭對自身所犯罪惡進行的懺悔。他沒有欺騙自己，而是誠實地在書中交代了一切罪行。盧梭像普通人一樣，說謊、行騙、調戲女子，甚至還偷竊並嫁禍他人。他與常人不同的是，他知道自己的錯誤，也毫不畏懼在眾人面前承認錯誤。在《懺悔錄》中，可以看到一個真實的盧梭。

盧梭雖然是政治思想的偉人，但生活中不是一個好父親，也不是一個好丈夫。但能夠直面自己的缺點，作出懺悔與反省，實在是件難得的事情。

歐洲小說之父
——笛福

英國　1660-1731

丹尼爾·笛福（Daniel Defoe，1660-1731），英國小說家，出生倫敦中產家庭，自小已有遨遊四海之心，早年曾從事各種不同行業，也參與過政治鬥爭，當過情報員，更嘗過鐵窗之苦。

笛福也如其筆下人物般具有精彩的生命歷程。喜歡冒險的笛福在嘗過高低不平的人生旅程後，於近 60 歲之年開始寫作。

《魯賓遜漂流記》是他創作的第一部小說，並獲空前成功，為他奠定「歐洲小說之父」的地位。笛福成功之處在善於描寫人們在艱苦困難的環境中，如何勇敢克服困難。其小說情節曲折，語言質樸，寫出人皆孤獨，但人皆有夢的冒險故事。

《魯賓遜漂流記》以日記形式寫成，小說敍述主人公在一偏僻的孤島特立尼達拉島上度過 28 年的故事，是笛福受蘇格蘭水手真人真事的啟發而寫成的。

笛福　遊向作家　如同魯濱

詩人雪萊天生早慧

　　珀西・比希・雪萊（Percy Bysshe Shelley，1792-1822），知名英國浪漫主義詩人，被認為是歷史上最出色的英語詩人之一。雪萊年僅 8 歲已開始寫作詩歌，儘管他生命短暫，年僅三十因暴風意外身故，其詩卻長存不朽。

　　雪萊最有名的詩句，莫過於其《西風頌》的末句：「要是冬天已經來了，西風啊，春日怎能遙遠？」不僅充分體現出雪萊詩歌浪漫奔放、情感深摯的特色，也蘊含時間循環而萬物生生不息的哲理。

　　雪萊的詩常與政治聯繫緊密，富於哲理。因其對勞苦大眾的同情，雪萊在許多人眼中，成為革命者甚至社會主義者，也是馬克思主義創始人之一恩格斯口中的「天才預言家」。

　　雪萊出身顯赫，天生浪漫，19 歲與旅店老闆女兒私奔成婚，3 年後離異，後再與小說家瑪麗・葛德文結婚。1818 年至 1819 年雪萊完成兩部重要長詩《解放了的普羅米修斯》和《倩契》，以及其不朽名作《西風頌》。

文藝復興巨人
—— 歌德

德國　1749-1832

約翰‧沃爾夫岡‧馮‧歌德（Johann Wolfgang von Goethe，1749-1832），世人普遍視其為「最後一個文藝復興的巨人」。他不僅是偉大的作家，還是教育家、自然哲學家甚至科學家，他的自然科學著作竟達十數卷之多。

《少年維特的煩惱》與《浮士德》是歌德重要的作品，也是名垂後世、廣泛流傳的經典。

少年歌德容貌俊秀，聰慧熱情，他創作的《少年維特的煩惱》講述了一個淒婉動人的愛情故事，甫推出已風靡全歐洲。

而《浮士德》是歌德畢生力作，前後用了近 60 年才完成，與荷馬的史詩、但丁的《神曲》和莎士比亞的戲劇並稱為世界文學中最偉大的作品。《浮士德》勸諭人們努力實踐夢想，主旨闡述只要你敢於爭取，就會克服一切矛盾和困難，走向光明的前方。

歌德作品被認為全力投入對人類情感和心靈的關懷，其藝術魅力非凡，感人至深。

古希臘文化精華
——《荷馬史詩》

古希臘　相傳為公元前 9 或 8 世紀

　　我們都知道，今日西方文明的奠基石，是昔日的希臘文明。而誰能得到古希臘文學最崇高的「桂冠」呢？毋庸置疑，便是寫出史詩《伊利亞特》和《奧德賽》——統稱《荷馬史詩》的荷馬。

　　相傳荷馬為古希臘的遊吟詩人，生於小亞細亞，最令人驚奇的是，他竟是個盲人！今日荷馬的詩篇，都是口耳相傳留下來的。

　　《荷馬史詩》語言簡練，情節生動，形象鮮明，結構嚴謹，是西方第一部重要文學作品。荷馬也被稱為歐洲四大史詩詩人之首，在很長時間裏，影響了西方的宗教、文化和倫理觀。

　　《荷馬史詩》不但文學價值極高，也是古希臘公元前 11 世紀到公元前 9 世紀的唯一文字史料，反映了邁錫尼文明，所以這一時期也被稱為「荷馬時代」。

　　古希臘人一直將《荷馬史詩》視作希臘文化的精華，將荷馬視作民族的驕傲，但丁更稱荷馬為「詩人之王」。不過，目前仍未有確切證據證明荷馬的存在，也有人認為他是虛構人物，形成「荷馬問題」。

是荷馬，
不是河馬！

古希臘悲劇的典範
作品《伊底帕斯王》

索福克勒斯（約前 496- 前 405 年）是一位古希臘劇作家，被譽為古希臘三大悲劇詩人之一。他是一位極富天賦的悲劇作家，27 歲初次參加悲劇競賽，已勝過被譽為「悲劇之父」的埃斯庫羅斯，並保持這一榮譽逾 20 年。其中《伊底帕斯王》《安提戈涅》正是索福克勒斯的代表作。

古希臘悲劇是把古希臘神話英雄的故事，經由劇場表現的形式呈現給觀眾的作品。而《伊底帕斯王》則是按希臘神話中伊底帕斯的故事所創作的悲劇。

劇中開首，伊底帕斯一出生就因弒父娶母的神諭被送離出生之地，流浪他國。他被科林斯的國王當作親兒子般撫養長大，卻機緣巧合下得知自己將「弒父娶母」，他為逃避命運離開科林斯展開流浪，卻終在不知情的情況下殺死生父，更如宿命所言迎娶生母。

索福克勒斯才氣過人，他在悲劇創作上引入第三個演員，透過增加大量對話和動作，表現劇中人物的矛盾，更使他的悲劇作品富有張力和牽動人心。

文學史上最長史詩《羅摩衍那》

蟻垤是一名古印度詩人，其身份已難以考證，有說他是語法學家，亦有說是古代仙人。但印度兩大史詩之一《羅摩衍那》的原始詩稿，一般相信是由他所著。

史詩是長篇並以敘事為內容的詩體，其主題多為民間傳說或歌頌英雄功績。《羅摩衍那》共有 7 章，是印度兩大史詩之一，更是古文明世界最長的一部史詩。詩題「羅摩衍那」意即「羅摩傳」或「羅摩的遊行」，內容記述的正是羅摩和其妻悉多的傳奇故事。

《羅摩衍那》中，羅摩為唯一能拉開神弓的英雄，他殺死魔王羅波那，救回自己的妻子，並繼承王位。而羅摩的統治更被稱為「羅摩萊亞」，在印度語中有「理想的治理」和「公正的法律」的美好理念。

《羅摩衍那》除了對印度當地的宗教有很大的影響，更被翻譯成多國語言，足見其影響之大。

文字優美宗教典籍
——《聖經》

　　《聖經》是基督教的經典，定本於公元 2 世紀，這部文字優美，思想博大又內容豐富的著作對於世界歷史，特別是西方文明史的發展，有不可忽略的影響力。

　　大部分人認為《聖經》是一本宗教典籍，這個「宗教」，包括猶太教、基督新教、天主教和東正教。而這些教派的起源就是亞伯拉罕諸教，他們都認為亞伯拉罕就是他們的祖先，亦是信仰的起源，因此統稱為亞伯拉罕諸教，當中還包括伊斯蘭教等等。

　　《聖經》的作者已不可考，普遍認為由後來的信徒們共同撰寫及編輯。《聖經》分為《舊約》和《新約》兩部分，描述耶穌降生之前的故事和降生之後的言行事跡等。

　　《聖經》是猶太人在二千多年前以希伯來語所寫成，直至 19 世紀左右，傳教士進入中國傳教，之後才有第一本中文《聖經》。現今世界各地均流傳着不同語言、版本的《聖經》，向世界宣揚着「上帝」的話語。

中世紀《羅蘭之歌》 歌頌騎士崇高美德

法國　11 世紀

　　《羅蘭之歌》是武功歌的代表作，據說是按查理大帝時期發生的隆塞斯瓦耶斯隘口戰役改篇，其成詩年份最早可考於 11 世紀，由於過程中口述傳說把史實不斷浪漫化，內容或有增刪，原作者早已不可考。

　　法蘭西 11 世紀的武功歌，即以詩敍述長篇故事的文體，題材多為歌頌封建統治階級的武功勳業。

　　而《羅蘭之歌》描述的，正是查理大帝的法蘭西大軍，與不信奉基督教的西班牙人（亦有版本指是回教徒）的宗教戰爭，主角羅蘭則是堅守騎士崇高美德的十二聖騎士之一。當時戰局僵持已久，雙方都想找方法結束戰爭。而羅蘭建議派法蘭西中最有智慧的尼隆伯爵去講和，卻因此任務兇險而被記恨。

　　尼隆伯爵私通敵軍，背叛國家；而羅蘭光榮地接受了殿後的任務，在撤退時與十二騎士為保護主力軍隊奮勇戰死沙場。

悲劇之父
埃斯庫羅斯

古希臘　前 525- 前 456 年

古希臘悲劇詩人，埃斯庫羅斯（前 525- 前 456 年）出生於古老的貴族家庭，自小喜歡戲劇和詩，25 歲時開始參加雅典的悲劇競賽，後來更參與抵抗波斯帝國的戰役。

埃斯庫羅斯是古希臘的三大悲劇作家之一，能自編、自導和自演，有「悲劇之父」的美譽，現存完整作品僅七部，代表作有《被縛的普羅米修斯》《波斯人》等。埃斯庫羅斯筆下都是著名悲劇，如《被縛的普羅米修斯》講述的是普羅米修斯為人類帶來光明和溫暖而偷盜聖火，最後受罰的故事。

埃斯庫羅斯標誌着古希臘悲劇的興起。埃斯庫羅斯身處古希臘悲劇成形的初期，他在表演形式上引進了第二位演員，令原本以獨白和頌歌為主的戲劇，變成能展現人與人之間矛盾衝突的文學作品，奠定了古希臘悲劇的雛形，是當之無愧的「悲劇之父」。他死後，雅典悲劇競賽為了紀念這位巨匠，表示參賽者只要演出埃斯庫羅斯的悲劇，即可獲免費的助演歌隊。

人文主義思想的曙光《神曲》

意大利　1265-1321

　　但丁・阿利吉耶里（Dante Alighieri，1265-1321），是意大利中世紀的著名詩人，也是歐洲文藝復興時代的開拓人物。

　　但丁出身高貴，博覽羣書，年方二十踏入仕途，可惜在 35 歲捲入黨派鬥爭，漂泊半生後逝世於異鄉。逝世前，他完成這部西方文學史上最偉大的作品《神曲》。

　　《神曲》分為「地獄篇」「煉獄篇」與「天堂篇」，共 100 首詩，耗十四載而成，記述但丁由古羅馬詩人維吉爾和夢中情人貝緹麗彩先後引導下，穿越地獄、煉獄和天堂，並描寫其所見所聞。

　　《神曲》中有大量涉及神學與哲學的段落，相關的隱喻俯拾即是，但但丁之「神聖」，在於他用文學的語言寫出深邃的哲學乃至神學思想，將三者完美結合。其中對教會的批判也照亮了人文主義的前路。

　　但丁將他寫《神曲》用的語言稱為「意大利文」，主要是以托斯卡尼的地區性方言為主，也加上拉丁文和其他地區性方言，其作品也成為現代意大利語的基石。因此，他也有「意大利語之父」的尊稱。

果戈里幽默諷刺反映現實

果戈里（Gogol-Yanovski，1809-1852）是俄國批判主義作家，以誇張荒誕的描寫反諷社會的時弊，其代表作為《欽差大臣》和《死魂靈》。

《欽差大臣》講述一個腐敗不堪的城市聽聞有欽差出巡，市長心慌意亂，正巧紈絝子弟赫列斯達可夫路過此地，市長誤認這位外貌不凡的人是欽差大臣，鬧出了許多笑話。果戈里以這齣喜劇反諷俄國官僚醜惡的行為。戲劇上演後，果戈里受到了沙皇與官僚猛烈的批評，指責《欽差大臣》描述的情況不真實。但果戈里在此壓力下，並沒有放棄創作，反倒在幾年後寫成其傑出名作《死魂靈》。

果戈里是現實主義文學的奠基人，其作品風格華麗生動，透過幽默諷刺形式反映社會現實，也加入極富想像的描述。他的寫作手法影響後世很多作家，如屠格涅夫、契訶夫等，甚至中國的作家也模仿他。魯迅的《狂人日記》其實就借鑒了果戈里的小說。可見果戈里在文學史上強大的影響力。

薄伽丘《十日談》留名後世

意大利　1313-1375

在西歐各國中，意大利得風氣之先，是文藝復興運動的發源地，薄伽丘（Giovanni Boccaccio）更是此時誕生的優秀人文主義作家。他1313年出生於佛羅倫斯，自幼愛好文藝，一直夢想成為偉大詩人，可惜父命難違，早年一直被迫習商及學習教會法典。

1348年意大利佛羅倫斯爆發黑死病，翌年薄伽丘寫下其最出色的作品《十日談》。《十日談》以寫實主義見長，糅合古典與民間元素，它講述十名主角在山上的別墅躲避瘟疫，並決定每日各人分享一個故事，共100個故事。這些故事嘲諷現實的虛偽、愛情的束縛、帝王的荒誕、教會的醜陋等社會現實。在薄伽丘犀利的筆鋒下，神聖的羅馬教會顯現了它的原形。這部傑出作品後來也令作家飽受咒罵、威脅和規誡。狂熱的教會人士沒有因他晚年的屈服而寬恕他，在他死後，更挖掘其墓地並砸毀墓碑來泄憤。

《十日談》在百多年後在威尼斯出版，至15世紀，總共發行達10次以上。16世紀又發行77次之多，足以證明其不朽之處。

斯托夫人
掀起一場大戰

美國　1811-1896

1861 至 1865 年間，美國爆發了一場內戰，史稱「南北戰爭」。這是美國史上最慘烈的一場戰爭，死傷據統計約為美國其他所有戰爭死亡人數的總和。戰爭之初，北方領導人林肯曾對一位作家說：「你就是那位引發了一場大戰的小婦人。」這位作家，就是《湯姆叔叔的小屋》的作者斯托夫人（Harriet Elizabeth Beecher Stowe）。

南北戰爭前的美國，南方州份依然存在奴隸制，對奴隸的買賣、虐待，甚至處死亦視若等閒。斯托夫人的父親是一位廢奴主義者，耳濡目染下，斯托夫人也從小對奴隸有着強烈的同情心。

1851 年，斯托夫人在報紙《民族時代》的版面上，開始連載《湯姆叔叔的小屋》，講述了一個黑人奴隸在別人幫助下逃跑的故事。儘管湯姆叔叔飽受磨難，也始終堅持信仰與美德，最終用犧牲感動了朋友與敵人。小說出版後廣受好評，大大推動了北方的廢奴運動，斯托夫人也因為以筆桿掀起一場黑奴戰爭而被銘記。

西方文學奠基作品
——《唐吉訶德》

西班牙　1547-1616

　　文藝復興的浪潮傳到西班牙時，西班牙誕生了一位偉大作家——塞萬提斯（Miguel de Cervantes Saavedra，1547-1616）。

　　塞萬提斯的一生一波三折。他出身破落貴族，少時曾隨父親四處遊歷，後在戰爭中負傷，左手殘疾，乘船回鄉時竟遭海盜俘虜，淪為奴隸 5 年。回鄉後，他決定寫劇本謀生，卻並不賣座。幾經周折，他才在 51 歲開始《唐吉訶德》的寫作。

　　《唐吉訶德》是一本反騎士小說。故事發生在早沒有騎士的年代，主角唐吉訶德幻想自己是個騎士，因而作出種種匪夷所思的行徑。塞萬提斯藉這部作品，揭示了教會的蠻橫、社會的黑暗和人民的困苦。《唐吉訶德》不僅語言幽默，善用民間諺語，且情節幽默。小說推出後，一紙風行。

　　《唐吉訶德》被視為現代西方文學的奠基作品之一。英國著名詩人拜倫曾說：「《唐吉訶德》是一個令人傷感的故事，它愈是令人發笑，則愈令人難過。」

英國印刷史上第一本書 《坎特伯雷故事集》

英國　1343-1400

　　都說活字印刷術是中國古代四大發明之一，那英國印刷史上的第一本書，是由誰寫成的呢？

　　1387 年出版的《坎特伯雷故事集》，作者傑弗里・喬叟（Geoffrey Chaucer，1343-1400）。

　　此書深受薄伽丘的《十日談》影響，內容圍繞 30 多名來自不同社會階層的「朝聖者」展開：他們從倫敦一家客店出發，踏上前往坎特伯雷大教堂的漫長旅程。客店店主自告奮勇擔任導遊，並提議往返途中每人各講兩個故事，以解五天旅途中的無聊寂寞。

　　這本書富有今日所說的「英式幽默」，時而頗具道德意味，鼓勵讀者反思人生，自出版以來一直深受人們喜愛。

　　話說回來，前文說過有 30 多名朝聖者，旅途 5 天，每人各說兩則故事，但實際完成的，包括喬叟自己講的，只有 24 則。是否發現了甚麼？沒錯，英國印刷史第一書，是部未完成的作品！

米爾頓最出色
史詩作《失樂園》

英國　1608-1674

有沒有西瓜？

約翰・米爾頓（John Milton，1608-1674），是一名英國詩人和思想家。他畢業於劍橋大學，是一位才華洋溢的學者，甚至有人把他與荷馬、維吉爾等著名詩人相提並論。

米爾頓可以說是西方文學史上最後一位史詩作者，而他最出色的史詩作品，正是《失樂園》。《失樂園》取材自《舊約聖經・創世紀》，人類始祖偷吃禁果而被逐出伊甸的故事。米爾頓則加以想像，在《失樂園》述說了因背叛神而被逐的路西法，如何化身為蛇引誘人類墮落的故事，帶出更深層的宗教、婚姻、政治，乃至哲學等探討。

米爾頓有自己堅定的政治立場，他一生盡己所能去為英國人民發聲，甚至後來身體轉差乃至失明，仍以驚人的毅力口述了三部偉大的史詩作品。正如他在《失樂園》中所言：「千萬人錯誤時／會有二三知情者」，米爾頓堅持的「正確」，如《論出版自由》等文獻，在美國獨立戰爭後終為世人認可及推崇。

傑出遊記體諷刺小說《格列佛遊記》

愛爾蘭　1667-1745

是否聽過小人國和大人國的故事？故事的主人翁格列佛在小人國，隨便撒尿便能澆熄皇宮大火，在大人國卻又變成國王的掌中玩物，是許多人童年讀過後便念念不忘的情節。

1726 年出版的《格列佛遊記》全書分為四部分，分別記載格列佛的四次冒險旅行：＜小人國遊記＞＜大人國遊記＞＜飛島國遊記＞和＜慧駰國遊記＞。

作者喬納森·斯威夫特（Jonathan Swift，1667-1745）是位愛爾蘭的諷刺文學大師，同時也是牧師和政治人物。他寫下的《格列佛遊記》，政治諷刺意味極強，把當時的科學家、輝格黨和漢諾威王室都諷刺了個遍。書籍首度出版時，因考慮到政治局勢，不願因文得禍，斯威夫特還曾刪掉許多敏感的情節與敘述。

《格列佛遊記》影響之大，無遠弗屆，兩百多年後的日本動畫大師宮崎駿，其代表作《天空之城》亦是由＜飛島國遊記＞改編而成，天空之城拉普達（Laputa）之名也得名於此。

用過雅虎搜尋引擎嗎？原來，這個名字也來自此書。故事中的一種動物犽猢（Yahoo），由於作者的描述，後引申為粗魯、不懂事故、笨拙等意思。雅虎的創辦人喜歡這個解釋，便在網站創辦初期以此命名了。

最優秀詩人伏爾泰
不畏強權

法國　1694-1778

伏爾泰（Voltaire，1694-1778），原名弗朗索瓦 - 瑪利 · 阿魯埃，被稱為「法蘭西思想之父」。與盧梭、孟德斯鳩合稱「法國啟蒙運動三劍俠」。伏爾泰以捍衛公民自由聞名，他的論說又以語言尖刻、筆調諷刺見長，常抨擊天主教教會的教條和當時的法國教育制度。

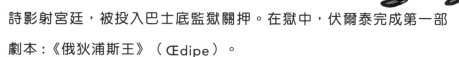

1717 年，他因寫諷刺詩影射宮廷，被投入巴士底監獄關押。在獄中，伏爾泰完成第一部劇本：《俄狄浦斯王》（Œdipe）。

在伏爾泰出獄不久的 1718 年秋，《俄狄浦斯王》在巴黎上演，引起轟動，伏爾泰贏得「法蘭西最優秀詩人」的桂冠。

1726 年，伏爾泰又遭貴族誣告，再一次被投入巴士底獄達一年。出獄後，伏爾泰流亡英國。

而伏爾泰與盧梭的恩恩怨怨，也是為人津津樂道的掌故。二人觀念相近，彼此卻水火不容。據說他讀過盧梭影響法國大革命的《社會契約論》，就寫信給的朋友，說：「瞧，盧梭現在像個哲學家了，就像頭猴子終於像個人一樣。」可謂尖酸至極！

幽默大師
馬克·吐溫

美國　1835-1910

　　馬克·吐溫（Mark Twain，1835-1910）是美國幽默大師、作家也是著名演說家，代表作有《湯姆歷險記》《乞丐王子》和《頑童歷險記》等等。吐溫早期作品多為輕鬆幽默的詩歌散文，但中期作品則漸漸揉合豐富的幽默、紮實的敍事和對社會的批判。

　　吐溫被稱為「文學上的林肯」。他原本是水手，在發表文章時就用了水手們測量水深時喊的話：mark twain（即兩個標記，指水有 3.6 米深，可安全航行）作為筆名。

　　吐溫說話詼諧幽默，常妙語連珠，故廣受人們喜愛。

　　某年愚人節，有人在紐約一家報紙上，刊登馬克·吐溫過世的消息，想捉弄一下這位幽默家。得知假消息的親朋好友紛紛來弔喪，結果到馬克·吐溫家裏一看，弔喪的對象正好好地端坐在書桌前寫作呢！

　　得知真相的眾人十分憤怒，一致要追究報紙的責任。大文豪卻安然自若，他微微一笑，幽默地說：「說我死了的報道，錯倒是沒有錯，不過將日期提前一些而已。」

鬼呀！

?!

孤高的
拜倫式英雄

喬治・戈登・拜倫（George Gordon Byron，1788-1824）是19世紀的浪漫主義詩人，代表作有《唐璜》《恰爾德・哈洛爾德遊記》等，並在他的詩中塑造了一批「拜倫式英雄」。

「拜倫式英雄」指的是拜倫在作品中塑造的一系列個人主義反叛者。這些英雄才能出眾，追求自由，反抗國家的強權、社會秩序和宗教信仰。

「拜倫式英雄」既不滿意現實，又找不到出路，最後總是以失敗或死亡告終。

拜倫雖然出身貴族，擁有男爵的頭銜，卻罕見地反對政府，他不單以書寫來宣傳自由，更投身革命，曾參與希臘獨立戰爭，卻不幸病逝於軍旅之中。

後來，希臘政府為拜倫舉行了隆重的國葬儀式。

天才女作家
艾米莉·勃朗特

《咆哮山莊》是英國女作家艾米莉·勃朗特（Emily Jane Brontë，1818-1848）的作品，是19世紀的代表作品之一。艾米莉·勃朗特被認為是天才女作家，她一生中只創作了這一部小說，卻奠定了她在英國文學史上的地位。

小說講述孤兒希斯克利夫被山莊老主人收養，與他的女兒凱瑟琳墮入愛河。但凱瑟琳另嫁林頓，希斯克利夫又遭凱瑟琳的哥哥百般羞辱，憤而離開山莊。數年後，成功歸來的希斯克利夫決心要報復他們。在凱瑟琳兄妹死後，希斯克利夫收養了他們的子女，將怨憤發泄在孩子身上。兩個孩子長大後互相愛慕，希斯克利夫本想拆散他們，卻從他們身上看到自己與凱瑟琳的影子，於是放棄了復仇。

小說以希斯克利夫的愛情悲劇為主線，他在報復中始終保留着對凱瑟琳的愛。也是這點愛，使他在最後放過了凱瑟琳的後代，放棄了報復的念頭。小說在講述惡的過程中，一直籠罩在壓抑的氛圍當中，但結局終於露出了善的希望，顯示了人性的復蘇。

史上最短的信 —— 雨果

法國　1802-1885

「？」「！」這可能是史上最短的書信來往，1862 年維克多‧馬里‧雨果（Victor Marie Hugo，1802-1885）的名著《悲慘世界》出版，當時在外度假的雨果傳了電報給他的英語出版商，內文只有「？」，想知道《悲慘世界》的銷情如何。出版商方面也是個妙人，他只回覆了「！」表示銷情很不錯。

雖然此書大賣，但是讀者對其褒貶不一，有人說《悲慘世界》過於悲情， 也有人說其傾向同情革命者。但評論界皆認同此書是一部具有極大影響力的作品，小說描繪法國大革命期間的社會狀態，讓讀者感受當時真實的社會面貌。

《悲慘世界》還有一項有趣的特點，書中有大概三分之一的內容是題外話，雨果會開宗明義的表示後文與主線無關，其中一部分是對於法國社會的描寫，如俚語、生活習慣等。這些看似無關的內容卻豐富了故事的描寫，使一切變得有血有肉，並能如實展現真正的悲慘世界。

手執剪刀的作家
—— 大仲馬

法國大文豪亞歷山大‧仲馬（Alexandre Dumas，1802-1870）活躍於 19 世紀，曾寫下《基督山恩仇記》《三劍客》等世界名著。他也以創作眾多聞名於世，著有 150 多部小說、90 多個劇本，甚至還寫過 1 本食譜，他平均一年能寫出 5 部小說、3 部劇本，速度令人驚歎。

也有人說大仲馬寫作只消拿着剪刀，剪剪貼貼，就能拼成一部小說，對此大仲馬有如此的回應：「在廣袤的文學領域裏，在有關人類行為方面，不可能存在史無前例之事。作品中的人物被置於類似的境遇中，以同樣的方法行動，以同樣的話語自我表現，是常見的事。」

大仲馬成名作如《基督山恩仇記》無疑是世紀鉅著，足證明大仲馬才華橫溢，這部小說是作家的經典冒險之作，被公認是為大仲馬最佳的作品，也是世界上擁有最多讀者的作品之一。

大仲馬的優良作品
── 小仲馬

法國　1824-1895

　　亞歷山大·仲馬（Alexandre Dumas fils，1824-1895），19世紀法國著名小說家、戲劇家。父親是大名鼎鼎的大仲馬。虎父無犬子，小仲馬也走上寫作這條路，並取得成功。其中名揚世界的是他的第一本小說 ──《茶花女》。

　　《茶花女》是小仲馬根據自己與名妓瑪麗的故事寫成的，也是他對瑪麗的懺悔。18歲那年，小仲馬與瑪麗相識、相愛。但瑪麗不願退出交際花圈子，讓小仲馬極其憤怒，並寫了一封絕交信給她，之後就離開了巴黎。原就患有肺病的瑪麗受到失戀的打擊，從此一病不起。

　　小仲馬再回到巴黎時，才得知瑪麗已死的消息。小仲馬傷心欲絕，滿懷悔恨與思念，閉門一年創作出這部記錄他們愛情的小說。

　　小仲馬一舉成名，更把《茶花女》改編為五幕劇在劇院上映，大獲成功。小仲馬告訴父親：「人家還以為是您的作品呀！」

　　大仲馬立即回電：「我最好的作品正是你，兒子！」

偵探推理小說鼻祖
—— 愛倫・坡

美國　1809-1849

　　埃德加・愛倫・坡（Edgar Allan Poe，1809-1849）是美國短篇小說家的先鋒之一，他寫的偵探和懸疑小說最有名。15 歲那年，愛倫・坡寫了第一首詩，獻給他暗戀的女孩。之後他開始創作，主要寫詩歌與短篇小說。

　　愛倫・坡剛開始時沒有受到賞識，他寫了 4 個短篇小說參加比賽，但無一獲獎。不過這 4 篇小說於次年刊登在報上。愛倫・坡因此又提起信心，再寫了 6 篇小說，希望能與之前的幾篇一同出版。此時的愛倫・坡嶄露頭角，大部分投稿都被接受。儘管如此，他的生活依然拮据 —— 他有酗酒的習慣，稿費全都用來買酒了。愛倫・坡一生都浸淫在寫作與酗酒中，甚至連死亡主因都可能是酒精中毒。

　　儘管愛倫・坡一生只寫了 4、5 篇推理小說，但舉世公認他是「推理小說的鼻祖」，而他的作品對後世起了很大影響。美國推理作家協會甚至還設立愛倫・坡獎，只頒給全世界最優秀的偵探小說家呢！

偉大童話作家
—— 安徒生

漢斯‧克里斯汀‧安徒生（Hans Christian Andersen，1805-1875）是古今中外有史以來最偉大的童話作家。

他生於丹麥，家境貧寒，小時父親常唸《一千零一夜》故事給他聽，加上祖母和母親的鼓勵，對他日後的童話創作皆有極大影響。

經歷過貧窮的童年，安徒生在成名之初，已立志要為孩子們送上溫暖，並教導他們熱愛生活，信奉美和真理。他的童話故事為我們營造獨特情感與勵志精神。

在《皇帝的新衣》裏，他反映現實中的醜惡無知；在《賣火柴的小女孩》中，他真切描述窮人的苦難。而《拇指姑娘》則充滿童趣，妙想天開，令孩子笑開顏。

安徒生一共寫了 160 多篇童話故事，他是 19 世紀第一個贏得世界聲譽的北歐作家。他生前獲得丹麥皇家致敬及高度讚揚，作品被翻譯超過 155 種語言，同時也催生了大量電影、舞台劇、芭蕾舞劇及動畫的創作。

嘗盡艱苦的狄更斯

查爾斯·約翰·赫芬姆·狄更斯（Charles John Huffam Dickens，1812-1870）是維多利亞時代英國最偉大的作家，也是一位以反映現實生活見長的作家。小時候，狄更斯父親因為債務問題而入獄，一家人隨着父親遷至牢房居住。或許是由於這段經歷，使得狄更斯的作品更關注底層社會人民的生活狀態。

狄更斯的代表作有很多，例如《塊肉餘生錄》《遠大前程》《孤雛淚》《尼古拉斯·尼克貝》《小氣財神》《雙城記》等等，這些都被認為是狄更斯最優秀的作品。

特別是帶自傳體性質的小說《塊肉餘生錄》，小說的內容與狄更斯的個人經歷有很大關係，裏面記錄了他童年時期跟隨父親在惡劣的環境下生活，備嘗艱辛、屈辱，看盡人情冷暖的低下階層生活，也因此狄更斯很多作品都是反映社會生活，諷刺英國的上流階層。

狄更斯為英國文學和世界文學作出了卓越的貢獻，一百多年來他的代表作《雙城記》在全世界盛行不衰，深受廣大讀者的歡迎。

意識流小說經典
——《尤利西斯》

愛爾蘭　1882-1941

　　詹姆斯‧喬伊斯（James Augustine Aloysius Joyce，1882-1941）是愛爾蘭作家、詩人，出生於富裕家庭，到巴黎學醫時認識妻子諾拉，後來流亡海外，輾轉於歐洲各地，以教授英語和寫作維生。喬伊斯的作品把日常生活作為寫作對象，客觀而詳細地透過文字展現在讀者面前；代表作有《都柏林人》《一個青年藝術家的畫像》《尤利西斯》等。

　　《尤利西斯》可以說是喬伊斯最著名的作品，初出版時更因為其中一章有大量描寫主角手淫的情節而在美國被禁，後來在威廉‧巴特勒‧葉慈和托馬斯‧斯特恩斯‧艾略特等多位歐美知名作家的支持下，法官才以其「包含性描寫但並非色情寫作」而判定為非淫穢作品，得以正式在美國出版。

　　《尤利西斯》全書以意識流的手法講述主角布盧姆在都柏林街頭的一日遊蕩，細緻地描寫 18 小時內發生的事情，是意識流小說的經典作品，被譽為 20 世紀百大英文小說之首，書中所描述的 6 月 16 日更被命名為「布盧姆日」以作紀念。

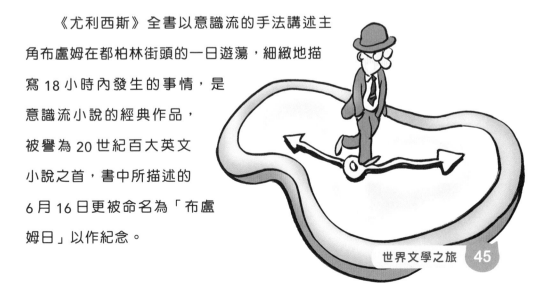

傳遍世界的愛情名著 《傲慢與偏見》

英國　1775-1817

珍·奧斯汀（Jane Austen，1775-1817）是著名的英國小說家，出生鄉紳大家庭，受良好教育，年少時以創作詩歌、故事和劇本作為自己和家人的娛樂活動。

奧斯汀的作品主題和她的生活息息相關，多圍繞地主鄉紳的生活，寫實地反映當時女性的婚姻觀念。代表作有《理性與感情》《傲慢與偏見》《曼斯菲爾德莊園》等，其中《傲慢與偏見》是她成就最高的一部小說。

《傲慢與偏見》講述鄉紳之女伊麗莎白和富有的達西先生的愛情故事。透過二人的愛情故事，奧斯汀呈現了 19 世紀英國鄉紳階層的禮節、教育、道德和婚姻的真實畫面。伊麗莎白和達西先生本來互懷偏見，但在歷經許多錯綜複雜的事件後，達西先生發現伊麗莎白機敏聰慧，開朗活潑，對她愛慕更深；伊麗莎白觀察到達西先生的正直善良和其真實所想，二人拋開成見，終成一對令人羨慕的佳偶。

時至今日，奧斯汀的作品依然深受歡迎，從《傲慢與偏見》多次被改編成影視作品，可見一斑。

俄羅斯文化的良心
── 托爾斯泰

列夫・尼古拉耶維奇・托爾斯泰（Lev Nikolayevich Tolstoy，1828- 1910）是俄國現實主義批判作家，代表作有《戰爭與和平》《安娜・卡列尼娜》等。他出身於貴族家庭，但並沒有像別人一樣染上奢靡風氣，而是傾盡一生去探尋人生的意義。

因俄羅斯是宗法社會，托爾斯泰深受東正教的影響。同時，歐洲的啟蒙精神又動搖了他的信仰，所以他的小說中對人性的思考是由這兩方面激發的。他時而像一個教徒，時而像一個人本主義者思考人性。相同的是，他的作品始終有着烏托邦思想，反抗及抨擊一切暴力和不公平，希望人們可以通過勞動和道德表現，建立起一個和諧的國家。

托爾斯泰死在一個火車站候車室裏。他認為自己已經太長時間脫離下層生活，失去靈感，於是拋棄財產離家出走，打算重新過普通人的生活。托爾斯泰料不到自己已經沒有時間，他的生命已走到盡頭。直到最後一天，他都期盼通過創作來改變社會。

捕鯨百科全書
《白鯨記》

美國　1819-1891

赫爾曼・梅爾維爾（Herman Melville，1819-1891），是美國著名小說家、散文家、詩人，其代表作有《白鯨記》《泰皮》《歐穆》等。梅爾維爾曾當過教師和水手，其作品多與他的水手生涯有關，以旅行文學和海洋文學為主。其中《白鯨記》被認為是美國最偉大的長篇小說，當中關於捕鯨業的習俗，以及鯨魚的生理結構、特點，都有據可考，被稱為捕鯨的百科全書。

《白鯨記》講述捕鯨船的船長亞哈，因被一頭名叫迪克的白色抹香鯨咬斷過一條腳，而決心找到迪克復仇的故事。整篇小說以船員以實瑪利的憶述進行，讓讀者透過梅爾維爾的文筆體驗捕鯨之旅。故事中，他們3次和迪克交鋒，最後還是以失敗告終，亞哈更因此失去性命。

《白鯨記》初出版時因為篇幅過於冗長，出版社認為不適合青少年閱讀而多次退稿，第一年更只售出5本。直到梅爾維爾去世30年後，《白鯨記》的成就才在美國著名文學家威廉・卡斯伯特・福克納的肯定下得以彰顯於世，可惜梅爾維爾本人無法親自見證。

凡爾納
用筆環遊世界

法國　1828-1905

　　朱爾‧加布里耶‧凡爾納（Jules Gabriel Verne，1828-1905），法國小說家、劇作家、詩人，被譽為「科幻小說之父」。今日，凡爾納是作品被翻譯量第二大的作家，排在阿加莎‧克里斯蒂和莎士比亞之間。

　　《環遊世界八十天》是他的代表作之一。故事中英國紳士福克，因為一個賭約，決意八十天內環遊世界。經歷種種驚險事件，他回到倫敦時竟已超過限定時間。而故事的結尾更是峯迴路轉。

　　很多人認為，凡爾納作品為 20 世紀科技上的諸多發明作出「預言」，然而凡爾納本人卻從未研究過科學。作者認為科學進步和自己作品之間的吻合純是美麗的巧合。

　　《環遊世界八十天》參考了現實中的航班表，並充分利用了 1869 年剛全線貫通的太平洋鐵路，與同年開鑿完畢的蘇伊士運河。也許凡爾納作品更重要的關鍵詞，不是「科幻」，而是「旅行」。幾乎每部作品，他都會附上精細的地圖，他的心意是要描繪整個地球呢！

　　自 20 世紀以來，凡爾納的作品不斷被拍成電影，除《環遊世界八十天》外，《地心歷險記》《海底兩萬里》等皆既賣座又深入人心。

《小婦人》
堅強自立精神

美國　1832-1888

路易莎・梅・奧爾科特（Louisa May Alcott，1832-1888）是一位 19 世紀的美國小說家。

奧爾科特早年由父親教導，並且也受到家庭朋友愛默生、霍桑、瑪格麗特・傅勒的深深影響。《小婦人》是奧爾科特最成功的作品。小說於 1868 年出版，以奧爾科特的童年經歷為基礎，描述南北戰爭期間，一個家庭的生活與當中四位女兒的愛情故事。故事積極正面，揭示人性的堅強自立與團結友愛精神。

有趣的是，《小婦人》中熱愛寫作、衝動直率的二女兒喬，正是作者本人的化身。書中喬創作一些熱情激烈的故事，但最後都被出版商拒稿，原因是「會對幼小心靈造成危險」。而在現實中，奧爾科特本人發表不少類似作品，曾以 A・M・巴納德為筆名。

儘管喬這個角色是以奧爾科特為藍本，但跟喬不同，奧爾科特終生未嫁，她筆耕不絕，後來成為美國鍍金時代的知名女作家。她的獨立自主，與對廢奴主義和女權主義的支持，也是那個年代新女性的真實寫照。

摘自《小婦人》的佳句：「在底下的人不怕跌倒，低微的人不會驕傲；謙虛的人一直都有上帝的照顧。」

紀伯倫巔峰之作 ——《先知》

黎巴嫩　1883-1931

　　哈里利・紀伯倫（Khalil Gibran，1883-1931）是黎巴嫩詩人、作家、畫家，年輕時創辦雜誌《真理》抨擊時弊而被逐出家鄉，一生顛沛流離，但其作品的主題卻總是圍繞「愛」和「美」，其代表作有《先知》《先行者》等。

　　《先知》是一部散文詩集，被視為紀伯倫的巔峯之作，令他聲名大振。紀伯倫自稱《先知》一書「寫了一千年」，此話雖有誇大之處，但事實上在《先知》初版後，5 年內有 5 次改動，可謂是他傾盡心力的鉅著，被世人譽為「東方贈給西方最好的禮物」。

　　《先知》中紀伯倫以優美的語言，探討愛、婚姻、自由、善惡、美和死亡等等 26 個主題，散文詩中大多歌頌大自然的美及由之產生的愛，平易近人又發人深省，在文學界評價極高。

　　正如中國著名作家冰心所說，紀伯倫的作品就像「一個飽經滄桑的老人在講為人處世的哲理，於平靜中流露出淡淡的悲涼」。

俄國文學之父
—— 普希金

俄羅斯　1799-1837

亞歷山大‧謝爾蓋耶維奇‧普希金（Aleksandr Sergeyevich Pushkin，1799-1837）是俄羅斯偉大的民族詩人，是俄羅斯寫實主義文學的奠基人。

普希金生於莫斯科一個古老的貴族家庭，少年時代已初露鋒芒。後世尊稱他為「俄國詩歌的太陽」「俄國文學之父」。

他的詩體小說《葉甫蓋尼‧奧涅金》，是普希金最重要的作品，詩人用 8 年時間寫成，人物形象鮮明，語言優美，極富節奏感。作者通過主角「多餘人」反映知識分子對自己國家前途的探索，也揭露他們對現實生活的失望。

大詩人普希金的手稿中，常見繪有許多草圖和速寫，原來這些肖像、風景、奔馬和花卉等，正是他為自己作品配上的插圖。普希金堪稱是多才多藝的上帝寵兒，他畫得一手好畫，尤其是肖像畫，筆下全是名重一時的作家、詩人，就連自己那張肖像畫，也是本人所畫。

只活了 38 個年頭的普希金，生前已為自己寫好意氣高昂的墓誌銘：「我的名字將傳遍偉大的俄羅斯，它現存的一切語言，都會講着我的名字。」

現代戲劇之父
── 易卜生

挪威　1828-1906

亨里克‧約翰‧易卜生（Henrik Johan Ibsen，1828-1906）被稱為 19 世紀挪威最偉大的戲劇家。他的《玩偶之家》被譽為「婦女解放運動的宣言書」。

《玩偶之家》講述女主角娜拉偽造父親的簽名，向人借貸，給丈夫治病。丈夫知道了沒有感謝，反而指責娜拉敗壞他的名聲！當債主在娜拉朋友的陳情下慷慨退回借據，丈夫得悉不必負責後，又願意和娜拉和好。但娜拉通過這件事看清丈夫的自私，知道他只把自己當玩偶，並不是真的愛她，斷然離開這個家。娜拉走出了家的囚牢，離開時的關門聲在全世界迴響。

故事揭露 19 世紀時男女不平等的狀況，最後以娜拉出走為結局。劇本演出後，引起巨大迴響，上流社會批判娜拉要求個性解放的態度是不可取的。但易卜生沒有退縮，繼續創作這種「問題劇」反諷社會。他的作品對後世的歐美戲劇產生深遠的影響，他也被譽為「現代戲劇之父」。

文采斐然
哲學家尼采

弗里德里希・威廉・尼采（Friedrich Wilhelm Nietzsche，1844-1900），著名的德國哲學家、語言學家、文化評論家，亦是一位詩人、作曲家，他的著作和思想在宗教、道德、哲學，乃至科學領域都有不少的影響。

尼采的寫作風格非常特別，擅於使用格言、悖論等技巧作論述。他早期是文字學家，後來鑽研哲學，晚年在精神疾病煎熬下去世；代表作有《查拉圖斯特拉如是說》《反基督》《善惡的彼岸》等。

尼采的哲學理論沒有一般哲學家的艱深刻板，而是以優美的文筆，把其獨到的思想像旋律般鋪陳開來，讓議論像文學語言般易於為讀者了解。尼采雖出生牧師家庭，但本人卻是極端反基督教，更喊出了名句「上帝已死！」。

> 上帝己死！

尼采認為《查拉圖斯特拉如是說》是他「給人類的空前偉大的禮物」，當中就有情節詮釋其「上帝已死」的主張，指人們對神的崇拜只是逃避現實的藉口，哪怕是自己編造的神只是一頭驢，人們也會照樣崇拜！

稍縱即逝的流星
—— 濟慈

英國　1795-1821

約翰・濟慈（John Keats，1795-1821），出生於 18 世紀末的倫敦，傑出的英詩作家之一。在英國文學史上，與拜倫、雪萊三位詩人合稱「撒旦派」，與「湖畔派」相對，代表積極的浪漫主義精神。

濟慈自幼酷愛文學，14 歲已將古羅馬詩人維吉爾的長詩《埃涅阿斯紀》譯成英語，1817 年 22 歲那年出版第一本詩集。詩集受到一些好評，也被苛刻地攻擊。濟慈翌年春天再出版詩集《恩底彌翁》。然而，這顆星卻如「撒旦派」的另外兩位詩人一般，是稍縱即逝的流星。在疾病和經濟問題的困擾下，濟慈終因肺結核惡化，生命定格在 26 歲。

令人驚訝的是，這段艱苦的時期，也是濟慈創作的鼎盛時期。最膾炙人口的《夜鶯頌》《致秋天》等名篇，皆在他逝世前幾年內寫成。

濟慈英年早逝，臨去之時，他為自己撰寫墓誌銘：「此地長眠者，聲名水上書」，意思飽含他對人生的慨歎，無論生前如何，死亡後所有榮譽、聲望都將像水上書寫的文字，迅即被淹沒於時間的洪流裏。

卡夫卡
一生孤獨宿命

奧匈帝國　1883-1924

作家法蘭茲‧卡夫卡（Franz Kafka，1883-1924）被譽為 20 世紀最具影響力的作家。代表作品有《變形記》《審判》等。卡夫卡的作品主題鮮明，大多講述人類在現實生活中的異化、人性的殘酷無情、親子間的衝突和矛盾以及官僚機構的陰暗。

在 20 世紀現代主義文學中，提倡從人的心理感受出發，表現生活對人的壓抑和扭曲。卡夫卡的《變形記》，正有着如此標誌性的特色。故事描述主人翁一覺醒來，發現自己竟變成一隻巨大的甲蟲。

卡夫卡生前並不為世人所認識，而他也不喜歡出名，臨終前曾囑託好友燒毀其所有文稿，幸而對方決定將它們付印出版，才讓大家看到這位憂鬱獨特、又往往傾向自毀的作家的傳世作品。

卡夫卡的一生支離破碎，與父親關係存在障礙，而他三次訂婚，三次解除婚約，更折射了他懷抱「孤獨」的宿命。

樂觀有幹勁
傑克・倫敦

美國　1876-1916

傑克・倫敦（Jack London，1876-1916），美國 20 世紀著名現實主義作家，1876 年出生於美國三藩市，早在童年就飽嘗窮困的味道。從 8 歲開始，他先後做過牧童、報童、碼頭小工等，更曾在各地流浪，在貧民窟裏生活，這些經歷自然成為其日後作品的重要元素。

他從小喜愛動物，1900 年，發表第一部短篇小說集《狼的兒子》，贏得讀者讚賞。1903 年，他寫下美國文學史上經典之作《野性的呼喚》，被譽為「世界上讀得最多的美國小說」，這本動物冒險小說充分表現他推崇戰勝敵人後而存活的力量與勇氣。

他於 1909 年發表了另一部作品《馬丁・伊登》，這部帶有自傳色彩的長篇小說，取材於其早年經歷和成名過程。除了呈現傑克創作的樂觀精神和幹勁外，也揭露現實社會的冷酷無情。

傑克・倫敦一生著述甚豐，共創作 19 部長篇小說及大量短篇小說和文學報告等。

美國文學之父
華盛頓‧歐文

美國　1783-1859

華盛頓‧歐文（Washington Irving，1783-1859），美國著名作家、短篇小說家、律師、外交官，也是一位歷史學家。歐文被譽為「美國文學」之父。他 18 歲已在報章發表散文，熱愛寫作，著名作品包括廣為人知的《紐約外史》《李伯大夢》《沉睡谷傳奇》等，終生勤於創作。他曾擔任西班牙大使，其後更激發其撰寫三部有關西班牙的著作；而在去世前 8 個月，還完成了關於喬治‧華盛頓的一部長達 5 卷的傳記。

《沉睡谷傳奇》是歐文影響至今的暢銷作品，改編自美國民間傳說，講述鄉村教師克瑞恩和鄉村青年布魯恩特爭奪少女卡翠娜的故事。萬聖夜時克瑞恩聽到身後有馬蹄聲追趕，並突然有人從後方扔來一個東西。傳說無頭騎士會在夜間把旅客的頭拿走，克瑞恩被嚇得半死，次日便失蹤了，村民在橋邊只撿到他的帽子和一個南瓜。作品暗示布魯恩特假裝「無頭騎士」擊潰情敵。

《沉睡谷傳奇》歷來不斷被改編成為電視劇、電影等，深受歡迎。

世界上最受歡迎童書 —— 《格林童話》

德國　1785-1863、1786-1859

　　《格林童話》出版於 1812 年，是德國格林兄弟合作出版的一部著名童話。全書收錄童話 200 餘則。《格林童話》與《安徒生童話》《一千零一夜》並列為「世界童話三大寶庫」。

　　格林兄弟是指雅各布・格林（Jacob Grimm，1785-1863）和威廉・格林（Wilhelm Grimm，1786-1859）兄弟兩人，他們是德國 19 世紀著名的童話搜集家及語言文化研究者。20 多歲時，兄弟倆開始語言學與文學的研究，格林童話其實是他們倆語言學研究的副產品。格林兄弟的作品流傳甚廣，如《白雪公主》《睡美人》《長

髮姑娘》《灰姑娘》《青蛙王子》等，大家都耳熟能詳。《格林童話》可說是世上最受歡迎的兒童讀物，中文版本就已超過 100 種，而在西方國家，它的銷售量更是僅次於《聖經》。

　　1975 年，德國政府為紀念童話大師格林兄弟誕生 200 週年，在他們的故鄉及經典作品的發生地，規劃了一條童話大道。

世界詩人之最
—— 海涅

德國　1797-1856

海因里希・海涅（Heinrich Heine，1797-1856）是 19 世紀最重要的德國詩人和新聞工作者之一。他一生勤於創作，除了大量傳世詩歌外，更撰寫一系列關於宗教、哲學、文學、音樂、繪畫及政治等評論。

1827 年，海涅將早期作品結集的名為《詩歌集》出版，內容多為抒寫作者本人坎坷的境遇及其淒美的愛情，從此奠定文壇地位。而他的詩歌純真優美，浪漫動人，大作曲家如李斯特、孟德爾遜等都把其譜成歌曲，稱譽他為世界詩人之最，實至名歸。

《乘着歌聲的翅膀》是海涅最為人熟知的一首詩，全詩深情真摯，用字淺白。

1831 年法國七月革命爆發後，海涅定居巴黎，靈感不絕，但一生情牽故國。

儘管海涅與同代的馬克思和恩格斯關係友好，但他意識到、也擔心共產主義思想日後將可能摧毀他所熱愛的歐洲文化。

另一首海涅為世人銘記的長詩是《德國 —— 一個冬天的童話》，此政治詩寫於 1843 年前後回國時的所思所想，一針見血，既幽默又諷刺獨到。

海明威其人其事

美國　1899-1961

歐內斯特・米勒・海明威（Ernest Miller Hemingway，1899-1961），美國記者和作家，被推許為 20 世紀最著名的小說家之一，對美國文學影響深遠。他一生中獲獎無數，在世界文學史上佔極重要地位。

海明威生於芝加哥奧克帕克，熱愛狩獵、漫畫、體育，更熱愛大自然，18 歲時在《堪城星報》工作；一戰時擔任救護車司機工作，1918 年被炮火轟炸，腿部受傷，後於紅十字會工作。這時期的經歷，後來成了《戰地春夢》的創作靈感。回國後，海明威開始他的寫作歷程。

《老人與海》是海明威生前最後一部主要作品，於 1952 年出版，講述一名古巴老漁夫與一條大馬林魚的纏鬥。此書令作者聲名鵲起，榮獲普立茲獎及諾貝爾文學獎，作品也被屢次改編成電影。

海明威的故鄉奧克帕克設有一個「海明威博物館」，每到夏天更有「海明威節」，以紀念斯人。而在作家生前住過的佛羅里達州莊園也設有「海明威紀念博物館」，館內還可尋到當年海氏的愛貓六趾貓的後代呢！

費茲傑羅
《大亨小傳》傳世

美國 1896-1940

法蘭西斯・史考特・基・費茲傑羅（Francis Scott Key Fitzgerald，1896-1940），美國作家，與同代的海明威齊名，同被稱為 1920 年代「迷茫的一代」的代表作家。

費茲傑羅出身家境漸窘的商人家庭，在普林斯頓大學讀書時初露頭角，首部長篇小說《人間天堂》出版後，更讓他名成利就。

費茲傑羅一夜成名，並得以和名門之女莎爾結婚，金童玉女，儷影雙雙。他曾說：「我弄不清楚莎爾和我究竟是真有其人，還是我哪部小說中的人物？」

他的傳世名作《大亨小傳》在 1925 年出版，故事講述神秘的富翁蓋茨比對女主角黛西的癡迷，藉此揭示 20 世紀那個年代，在第一次世界大戰結束以後，一個做着「美國夢」的青年人的追求幻滅。

《大亨小傳》問世後，評論褒貶不一，加上銷售欠佳，費茲傑羅失意而終。今天，《大亨小傳》早被推崇為美國文學的經典，小說也不斷被改編成為賣座電影。長眠地下的作者有知，也應無憾。

高爾基
《海燕之歌》

蘇聯　1868-1936

阿列克謝·馬克西莫維奇·彼什科夫（Alexei Maximovich Peshkov，1868-1936）是一名蘇聯作家、劇作家，亦是一位政治運動家，他以馬克西姆·高爾基（Maxim Gorky）為筆名，筆名是俄文中「苦難」的意思，而他的童年正是充滿苦難。

高爾基在祖父母家長大，出生貧苦卻非常好學，年輕時已做過不少苦工。後來高爾基上了大學，接觸到革命運動後，他就開設一個麵包工作坊，將其作為馬克思主義小組的秘密圖書館。

《海燕之歌》就誕生於俄國革命的前夕，是工人運動不斷的黑暗時期，高爾基藉「海燕」的意象，呼喚即將來臨的革命：「這是勇敢的海燕，在怒吼的大海上，在閃電中間，高傲地飛翔；這是勝利的預言家在叫喊：讓暴風雨來得更猛烈些吧！」高爾基的代表作除《海燕之歌》外，尚有《童年》《母親》等。他被視為蘇聯文學的創始人。高爾基於 1923，1928 和 1930 年獲諾貝爾獎提名，但始終未獲任何獎項。

肖洛霍夫俄國革命畫卷《靜靜的頓河》

蘇聯　1905-1984

蘇聯小說家米哈伊爾·亞歷山大羅維奇·肖洛霍夫（Mikhail Aleksandrovich Sholokhov，1905-1984），出生於俄羅斯頓河流域；他早年參與革命，兩次獲社會主義勞動英雄勛章，婚後回到頓河開始專注小說創作，代表作有《靜靜的頓河》《一個人的遭遇》等。

《靜靜的頓河》由 1924 年開始構思，1928 年才正式落筆，是肖洛霍夫歷時 12 年才完成的精心力作，他更憑此作品獲諾貝爾文學獎。

《靜靜的頓河》藉講述哥薩克青年士兵葛利高里和阿克西尼亞的悲劇命運，描繪頓河兩岸哥薩克人在俄國革命和戰爭時期的動盪生活，把當時哥薩克的風土人情和戰火硝煙下的各種階級變化，像畫卷一樣逐步展現在讀者面前。

肖洛霍夫以他平實的文字，把錯綜複雜的戰爭、革命，乃至小人物的心理、日常生活娓娓道來。正如他所言，《靜靜的頓河》書中所寫正是他經歷過的「嚴酷的真實」，也因此成就這篇結構宏大、佈局精密的「令人驚奇的佳作」。

出人意料幽默小說家
── 歐·亨利

　　美國小說家，歐·亨利（O. Henry, 1862-1910），由姑母撫養長大，受其影響，非常喜愛閱讀，而最喜歡的書是《一千零一夜》。歐·亨利高中畢業後便出來工作，在美國西部居住期間當過牧羊人、歌手、藥劑師、繪圖員、記者等，隨着眼界開闊，他的幽默細胞亦漸漸顯露，並在妻子的鼓勵下成為出色的喜劇小說家。

　　歐·亨利是一名高產作家，一生中創作了一部長篇小說和近 300 篇短篇小說，代表作有《最後一葉》《城市之聲》等。歐·亨利的短篇故事構思精妙、言辭幽默，結局又突然讓主角的心理情境或是命運出現變化，合乎情理又給人帶來驚喜，被稱為「歐·亨利式結尾」。

　　如《最後一葉》就講述老畫家拒絕一名患病垂死的女人的請求，當女人數着落葉等死時，發現有一片枯葉在一夜風雨過後仍然挺立，這喚起了她生存的慾望，病也不藥而癒。後來，女人才知道那片奇跡的枯葉是老畫家冒着風雨畫上去的。通篇作品樸實而溫情，結局由冷漠到溫情的轉變，正是所謂的「歐·亨利式結尾」，而歐·亨利亦正是如此出人意料的出色小說家。

偉大寫實主義作家
── 屠格涅夫

俄羅斯　1818-1883

伊凡・謝吉耶維奇・屠格涅夫（Zvan Sergeyevich Turgenev，1818-1883）， 是19世紀俄國著名作家，他是文學上的多面手，被著名小說家喬治・桑尊稱為「導師」，莫泊桑則稱他為「天才小說家」。

屠格涅夫出身貴族地主家庭，但他對農奴的悲慘遭遇充滿同情，他的著名作品《獵人筆記》《羅亭》《貴族之家》《父與子》等，皆深刻反映當時俄羅斯社會，從封建農奴制度變為資本主義的社會生活。

1838年屠格涅夫前往柏林大學學習黑格爾哲學。他在歐洲見識到更加現代化的社會制度，故此他極力主張祖國積極向西方取經，廢除農奴制等等封建制度。

1852年他開始發表其創作《獵人筆記》，深得各方注意及讚賞。

1862年屠格涅夫的《父與子》出版。這是他最重要的著作之一，此書極富思想深度，加上藝術成就高，故此深具影響力。

1860年代以後，他長年在巴黎居住，認識許多名重一時的法國作家，同時十分積極向西歐介紹俄羅斯文學。

世界的良心
羅曼・羅蘭

法國　1866-1944

　　羅曼・羅蘭（Romain Rolland，1866-1944）是法國著名作家、音樂評論家，在羅馬讀畢研究生後回到巴黎大學執教，同時開始創作。他經歷過第一次世界大戰，主要以創作英雄傳記聞名，代表作有《約翰・克利斯朵夫》《貝多芬傳》《米開朗基羅傳》《托爾斯泰傳》等。

　　其中羅蘭憑《約翰・克利斯朵夫》獲諾貝爾文學獎，獲獎原因正是他「文學作品中的高尚理想」和其「描繪各種不同類型人物時所表現的同情心和真實性」。後來羅蘭亦把獎金全贈與國際紅十字會和法國難民組織。

　　羅蘭在《名人傳》的卷首語直言：「我所給予英雄稱號的，並非思想或力量取勝的人；他們僅因為心靈的高尚而偉大。」如貝多芬以音樂為生命卻失聰，卻從未屈從於命運，創作出偉大的樂曲為人帶來歡樂，是為英雄。

　　羅蘭打破傳統傳記的寫法，僅粗略地勾勒主角的生平，反着墨於其思想和心理歷程，輔以大量主角的語錄、同時代人的證明等，把人物最真實的一面呈現在讀者面前。不愧另一位小說巨匠茨威格「時代精神的代言人、世界的良心」的高度評價。

毛姆《月亮與六便士》的暗喻

英國　1874-1965

毛姆（William Somerset Maugham，1874-1965）是以戲劇聞名於世的小說家，他是多產戲劇家，但主要精力卻投放於小說創作上。

毛姆的小說，情節跌宕起伏、扣人心弦；文字則雋永含蓄，令人回味無窮；其敏銳的觀察力特別教人歡服。

他的作品《月亮和六便士》中有這樣一句名言：

「主人公菲利普像所有年輕人一樣，終日低頭尋找地上的 6 便士銀幣，卻錯過了頭頂的月亮。」

毛姆在這個故事中展現一個中年英國股票經紀人拋妻棄子，去追尋成為藝術家的夢想。據說故事採用畫家高更其人其事加以改編。

毛姆在文中以第一人稱，客觀描述故事的發展，他曾學過醫，寫小說也像擔任醫生一樣冷靜地觀察和陳述，其他的一概由讀者去作出評價。

「月亮」和「六便士」，代表着夢想和現實，這部小說裏，正環繞此中心思想來進行探討。毛姆在書末有此番自嘲：「從事自己最想做的事情、生活在讓自己開心的狀態下，這樣算是把自己的人生搞砸嗎？」

普魯斯特
《追憶似水年華》

法國　1871-1922

馬塞爾·普魯斯特（Marcel Proust，1871-1922），生於法國一個富有家庭，父親是名醫。他從小體弱，氣質敏感，在濃厚文化氣息的家庭中成長，傾心文學，加上修讀哲學，逐漸走上小說家之路。

1896 年普魯斯特出版第一本小說《歡樂與時日》。數年後，父母辭世，促使他從文學追尋童年，1913 年出版《追憶似水年華》第一部，直至 1922 年去世前，共出版三部。《追憶似水年華》記載了普魯斯特的一生，他在人生後半期，罹患嚴重哮喘病之時，以文字追憶前半生養尊處優的富家子弟生活，作者通過小說創作追回往昔的記憶，而最重要的是那夢想中的幸福。

普氏被後世譽為意識流大師，有評論家云：「這是一個自願活埋在墳墓中的人的抒情記錄。」

1919 年《追憶似水年華》第二部獲法國龔古爾文學獎，這部經典至今仍令人讚歎不已，是以此書又被譽為 20 世紀最偉大的小說之一。

福爾摩斯之父
—— 柯南・道爾

英國　1859-1930

　　柯南・道爾（Conan Doyle，1859-1930）是著名的英國作家、醫生，小時候在天主教小學就讀，卻是一位不可知論者；後來在愛丁堡大學學醫，自行開辦診所卻並不順利，遂開啟寫作生涯。他於1887年發表小說《血字的研究》，廣為人所知的福爾摩斯自此正式開始他的偵探生涯。

　　《福爾摩斯探案》是以私家偵探夏洛克・福爾摩斯為主角的系列偵探小說，共有60篇故事，以連載方式發表，是道爾的傾力鉅著。然而這個傳奇偵探故事，曾因耗費道爾太多心力而險些被腰斬，道爾曾在給他母親的信中說：「我考慮殺掉福爾摩斯……把他幹掉，一了百了。他佔據了我太多的時間。」而實際上，福爾摩斯也在1893年發表的《最後一案》中「死」過一次，幸而在一眾讀者的不滿呼聲下「撿回一命」。

　　《福爾摩斯探案》可說是偵探小說的經典，直到現在，還不斷被改編成不同形式的影視作品，風靡世界，是歷代小孩的至愛。柯南・道爾在倫敦的故居博物館，正是讀者瞻仰偶像往昔生涯的好去處。

奧威爾 驚人政治寓言故事

英國　1903-1950

奧威爾作品中有一句名言：在一個欺騙的時代，說真話是一種革命行為。

佐治·奧威爾（George Orwell，1903-1950），英國作家、新聞記者和社會評論家。

奧威爾 11 歲已在報章發表詩作，從伊頓公學畢業後，曾在緬甸任殖民警察 5 年，也在西班牙內戰服過役，這些經歷使他對西方殖民主義有所反思，也進一步了解何謂「極權主義」。這位作家痛恨社會不公，同情貧苦，並且正直不阿，敢言直諫。

1945 年《動物農莊》和 1949 年《一九八四》的出版，顯現奧威爾對世界歷史發展的驚人見解，他在這兩部作品中以辛辣文筆暗諷極權主義和追逐權力者。

而小說中的預言，在之後的 50 年間不斷地與歷史相印證，奧威爾所不幸言中的事情，在真實政治社會中確實令人不能置信地接連出現，這些當然不是作家本人願意看到的。

奧威爾竭盡精力，寫成《一九八四》，完成小說家警示人間的責任。翌年，他因肺結核逝世。

為德萊賽帶來成功
《美國的悲劇》

美國　1871-1945

當時美國小說家都出身底蘊深厚的古老家族的情況下，德裔美國小說家，西奧多・赫曼・阿爾伯特・德萊賽（Theodore Herman Albert Dreiser，1871-1945）是當時第一位出生於移民家庭的重要作家。德萊賽的家庭非常貧困，令他渴望擁有優越的物質生活和社會地位。他曾當過記者，寫作生涯的代表作有《嘉莉妹妹》《珍妮姑娘》《美國的悲劇》等。

德萊賽初期小說中悖於美國傳統思想的觀念，他以同情而非嚴厲的角度看待女性，令他的作品不受歡迎。直到《美國的悲劇》才讓德萊賽一舉成名。

《美國的悲劇》主角原型來自一則真實的謀殺案，主角克萊德是個窮小子，與工廠女工洛蓓達戀愛。後來克萊德搭上富家女桑德拉，為擺脫洛蓓達，克萊德在看到一則「女孩喪命男友下落不明」的意外新聞後，竟動了謀殺洛蓓達的念頭。最終在一次遊湖時，兩人意外落水，克萊德見死不救，獨自逃離現場，最後克萊德被捕，在社會上層的角力中成為犧牲品，被處以死刑。

德萊賽藉克萊德這個因環境而成為悲劇的人物，向讀者透視社會基層的悲哀，深得大眾認同。

鄉土文學楷模
福克納

威廉‧卡斯伯特‧福克納（William Cuthbert Faulkner，1897-1962）是美國小說家、詩人、劇作家，出生於美國一個莊園主後代的家庭，後來為維持生計甚至寫過荷里活電影劇本，被譽為美國文學歷史上最具影響力的作家。福克納初期作品不受關注，後來受前輩作家舍伍德‧安德森指點，以自己的家鄉為主題創作，就此奠定了他主力創作鄉土文學的大方向。

福克納的代表作有《喧嘩與騷動》《我彌留之際》《聖殿》等，其中 1929 年成書的《喧嘩與騷動》更是意識流文學的經典，深深影響着福克納的後續創作，於 1949 年更為他帶來諾貝爾文學獎的殊榮。

《喧嘩與騷動》就以充滿同情、憐憫的筆觸，寫一個顯赫貴族之家的沒落，以意識流的手法表現家族成員各自的生活遭遇和精神狀態。

福克納極為眷戀自己的土地，甚至連獲得諾貝爾獎也拒絕遠離家鄉領獎，他自言，他的家鄉是他窮其一生都寫不盡的寶庫。

最出色的反戰小說
——《西線無戰事》

德國　1898-1970

　　埃里希·瑪利亞·雷馬克（Erich Maria Remarque，1898-1970）出生於德國的天主教家庭，18 歲那年被捲入第一次世界大戰的無情戰火中，戰後移居美國。他的作品多帶有強烈的反戰意識，納粹當政後，更因這種強烈的反戰意識而被查禁。

　　在雷馬克的作品《西線無戰事》中，我們彷彿回到第一次世界大戰的西線戰場。雷馬克生動地描述在前線戰士們每天提心吊膽的生活，他們每天經歷炮彈、地雷、毒氣、機關槍、手榴彈攻擊，冰冷的槍炮和戰友的屍體提醒着他們必須活下去。除了描繪血淋淋的戰爭畫面，該書還刻畫了人類在生死邊緣爆發出的人性。作者筆下的 18 歲士兵，他的夢想和信念都被殘酷的戰爭摧殘，心靈的創傷比身體上的傷口更難癒合，最後失去了自我，遺忘了應有的寧靜。

　　《西線無戰事》正是一部令人深深反思戰爭殘酷的作品。出版後譯有 50 多種文字，暢銷數千萬冊，更被拍成電影、電視劇、舞台劇等，轟動世界，是歷來影響力最深遠的反戰小說。

帕斯捷爾納克史詩作品？ —— 《齊瓦哥醫生》

蘇聯 　1890-1960

鮑里斯‧帕斯捷爾納克（Boris Pasternak，1890-1960），蘇聯作家，用了 8 年時間，完成其名作《齊瓦哥醫生》。這部史詩性長篇小說，主要描述俄國醫生齊瓦哥與妻子冬妮亞及女護士拉娜之間的三角愛情故事，作家透過幾個知識分子在革命及戰亂年代裏的悲慘遭遇，反映時代的另一個側面。

齊瓦哥醫生的內容背景大多是 1910 到 1920 年代，但直到 1956 年此書才全部完成。該書在蘇聯被禁，1957 年被意大利出版商偷運出境，並在米蘭以俄文發行，隔年發行意大利和英文版本，得到很大的迴響，並為作者贏得了 1958 年的諾貝爾文學獎。

書中有很大部分在描述理想主義是如何被布爾什維克、叛軍和白軍所摧毀。主角必須在那動亂的時代親眼目睹無辜平民所遭受的恐怖事件；甚至於他一生的摯愛 —— 拉娜，都從他身邊被奪走。

帕斯捷爾納克透過紙筆感歎，戰爭可以把整個世界變得無情，呈現出他對歷史深沉思考的唏噓。可惜此書的成功，卻導致作者本人遭遇被蘇聯政府驅逐出境的待遇。兩年後，帕斯捷爾納克鬱鬱而終。

米契爾一生
只寫一部鉅著

瑪嘉烈·曼納林·米契爾（Margaret Munnerlyn Mitchell，1900-1949），生於美國亞特蘭大，美國文學家，世界文學名著《飄》（*Gone with the Wind*）的作者。

《飄》至今仍為最暢銷的小說之一，已發行了 3000 多萬冊，其改編電影（中文名《亂世佳人》）於 1939 年上映，成為荷里活影史上最賣座的電影之一，還得到十座奧斯卡獎的殊榮。

米契爾出身良好家庭，雙親皆為律師，她 1922 年起為《亞特蘭大日報》撰稿，1926 年因腳傷辭去記者工作，想不到成為人生重大轉折。從此她開始以南北戰爭為題材，用了近 10 年時間，寫成了這部巨著《飄》。瑪嘉烈一生只寫了一部小說，但《飄》足以令她名留青史，此書推出後，日銷量最高時為 5 萬冊，1937 年更榮獲普立茲獎和美國出版商協會獎。

《飄》塑造了美麗、任性又堅強的女主角斯佳麗，作者透過她身處南北戰爭時期的生活及愛情事件，來刻畫此時期的種種社會情況。

勞倫斯我手寫我心

英國　1885-1930

　　大衛·赫伯特·勞倫斯（David Herbert Lawrence，1885-1930），20世紀英國作家，也是出色的詩人、劇作家和散文家。

　　勞倫斯出生於英國諾丁漢郡的煤礦小鎮，父親為煤礦工人，母親當過教師，家境貧困，父母關係不睦，成長的種種波折成為早年創作靈感。

　　1910年，勞倫斯出版首部長篇小說《白孔雀》。不久母親病逝，成為他人生重大轉捩點。他於1913年出版名作《兒子與情人》，於西方評論界引起極大爭議。此書主要以主人公的內心感受和心理活動構成全書，並以自然界景物來顯現人物內心情感，戀母情結映現於全書。

　　《查泰萊夫人的情人》是勞倫斯最後一部長篇小說，故事靈感源自他不快樂的家庭生活，同樣以家鄉諾丁漢郡為背景。1960年此書在英國出版時，面對出版品審查，引起極大風波，幸而有驚無險，最後在英國通過了審查。

　　勞倫斯終生都以故鄉諾丁漢郡為創作背景，其作品瀰漫憂鬱情緒，我手寫我心，這位作家不斷透過文字書寫其生活中無休止的心靈抗爭。

書寫世界中的
孤苦《異鄉人》

阿爾貝・卡繆（Albert Camus，1913-1960），法國小說家、哲學家、戲劇家和評論家。卡繆父親早亡，全賴母親撫養成人。貧困艱難的童年與成長後面對的殘酷現實，造就他深刻的思想。

第二次世界大戰時卡繆參與對抗德國法西斯組織，從 1932 年起陸續發表作品。卡繆的作品多以人道主義為核心價值，其後更憑《異鄉人》成為法國當時最年輕的諾貝爾文學獎得主，代表作有《異鄉人》《鼠疫》《卡里古拉》等。

1942 年出版的《異鄉人》描述了主角莫梭荒謬的一生，給讀者帶來種種荒誕的體驗。書中的主人公莫梭極為理性，不會為母親的死而傷心，錯手殺人亦毫無罪惡感，乃至被判處死刑也淡然應對。卡繆藉這個故事，表現了大戰之後，人們對未來充滿迷茫，精神沒有歸宿的現實，他們變成了生活在世界上的孤獨、痛苦、冷漠的「異鄉人」。

卡繆在領取諾貝爾獎項時說：「把世人共有的歡愉或痛苦，由作家以獨有的方式描繪出來，已能牽動無數的人。」

赫胥黎的「美麗」新世界

英國　1894-1963

英國作家阿道司・赫胥黎（Aldous Huxley，1894-1963），出生於英國歷史上著名的赫胥黎家族，其家族成員在科學、醫學、藝術、文學等領域都有卓越的成就。赫胥黎早年在父親的植物學實驗室中學習，後來在牛津大學修讀英語文學。

赫胥黎在 20 歲後就開始寫作，代表作有《美麗新世界》《時間須靜止》《天才與女神》等，其中《美麗新世界》是 20 世紀最經典的反烏托邦文學，它的影響力深遠，也讓赫胥黎的名字廣為讀者所熟悉。

《美麗新世界》於 1932 年出版，講述 600 多年後的未來世界，他把人類劃為分五等，透過各種先進的科技手段，如試管嬰兒、心理操控等，嚴格管制他們的行為模式，確保人們生活在統治者訂立的制度內，統一而安定。所謂「家庭」「愛情」「父母」……皆成為歷史名詞。

書名源於莎士比亞的《暴風雨》中的對白，赫胥黎正是要透過這部作品諷刺新世界看似美麗，但嶄新科技沒有令社會進步，反而導致文明倒退。

哈代最優秀作品
——《黛絲姑娘》

英國　1840-1928

　　湯瑪士・哈代（Thomas Hardy，1840-1928），英國作家，生於農村沒落貴族家庭。

　　哈代於英國多爾切斯特攻讀建築，同時從事文學、哲學和神學的研究。哈代當過幾年建築師，曾獲英國皇家建築師協會及建築聯盟學院獎項，後致力於文學創作。

　　哈代小時候家境貧寒，在他生活的時代，是英國資本主義的「黃金時代」，他看到工業發展帶給農村的破壞，故此對農民充滿同情。

　　哈代的小說多以農村生活為背景，前期作品長篇小說《綠蔭下》《遠離塵囂》等，皆表現反對工業城市文明的主旨，並對工業文明和道德作出深刻的揭露和批判。

　　《黛絲姑娘》是哈代最優秀的長篇小說，敍述美麗善良的農家姑娘黛絲的愛情悲劇和不幸遭遇，結構嚴謹又富戲劇性。

　　這部作品同時具有濃厚的鄉土氣息，如實反映生活的真相，加上細節波瀾起伏，心理描寫突出，遂令哈代躍升成為當時最傑出的英國批判現實主義作家。

美國文明之父
愛默生

美國　1803-1882

拉爾夫・沃爾多・愛默生（Ralph Waldo Emerson，1803-1882）是一位美國思想家、文學家、詩人，演說家，年僅14歲就入讀哈佛大學，後來又繼續在神學院鑽研，成為一位論派牧師，最後因對宗教抱有疑慮而離職。

愛默生是美國文化精神的代表人物，其超驗主義被稱為「美國文藝復興」。愛默生與其他知識分子創立「超驗俱樂部」，出版第一篇作品《論自然》，主張人能超越感覺和理性而直接認識真理、和上帝交流。如《論自然》的開篇導言中他就直言我們應擁有一種「有關洞察力的詩歌與哲學」，擁有「直接給予我們啟示的宗教」。他的代表作有《論自然》《隨筆二集》等，且有不少警句流傳於世。

愛默生的思想以超驗論奠基，作品具濃厚的個人特色，行文有力而精煉，哲學味道濃郁。

他曾說：「如果你要獲得成功，就應當以恆心為良友，以經驗為顧問，以小心為兄弟，以希望為守護者。」正是這種做學問的態度，讓美國總統林肯亦尊稱他為「美國文明之父」吧！

馬奎斯傳世名作
——《百年孤寂》

　　加夫列爾．加西亞．馬奎斯（Gabriel Garcia Márquez，1927-2014），拉丁美洲著名作家，幼年居住於哥倫比亞沿海小鎮，外祖母常為其講述民間傳說和印第安人神話。長大後他鍾情創作，成為哥倫比亞著名文學家、記者和社會活動家。

　　馬奎斯的名作《百年孤寂》發表於 1967 年，採用魔幻現實主義風格創作，以絢麗與無比的想像力帶領讀者闖進精彩的小說世界。馬奎斯藉着此書的成功獲得 1982 年諾貝爾文學獎。

　　瑞典皇家學院的頒獎理由是：「馬奎斯永遠為貧窮者請命，而反抗內部的壓迫與外來的剝削。」

　　《百年孤寂》的內容令人不敢置信，其中更糅合印第安人的傳統信念和意識，內容新奇有趣，令讀者津津樂道。

　　透過此書，讓大家得以重新認識拉丁美洲。馬奎斯以小說虛構市鎮「馬康多」的榮衰寫出拉丁美洲的百年滄桑，並通過某家族六代人的故事反映拉丁美洲殖民、獨裁，與其流血鬥爭的歷史等。

　　智利作家聶魯達認為，這部作品是《堂吉訶德》之後最偉大的西班牙語作品。

《生命中不能承受的輕》—— 昆德拉

捷克　1929-

　　米蘭・昆德拉（Milan Kundera，1929-）生於捷克，為世界當代最著名的小說家之一。《生命中不能承受的輕》《笑忘書》等是他的著名作品，昆德拉曾多次獲諾貝爾文學獎提名。

　　昆德拉 1968 年曾參加「布拉格之春」改革活動，在其第一部作品《玩笑》中，他曾竭力諷刺共產主義的極權統治。之後，他的作品在捷克長期被禁。

　　1979 年他在法國出版《笑忘書》，講述普通捷克人在國家被蘇聯入侵後的生活。

　　1984 年昆德拉發表《生命中不能承受的輕》，描述布拉格事件中普通知識分子面對的種種困境。當中也暗含作者對命運的無奈與憤怒。

　　1984 年，《生命中不能承受的輕》問世後，立即在全世界引起轟動。1988 年，美國導演菲利普・考夫曼將其改編成電影。《生命中不能承受的輕》是昆德拉最重要的作品，小說淋漓盡致地展示了作者的才華與對人生的思索。

　　對於我們而言，生命都只有一次，它究竟是「輕」抑或「重」呢？

古代英雄《斯巴達克思》

意大利　1838-1915

拉法埃洛·喬萬尼奧里（Raffaello Giovagnoli，1838-1915），生於羅馬，從小就在父親的指導下閱讀史書，博覽古羅馬史學家的經典著作，為他日後創作提供了養分與基礎。當時正值意大利民族復興運動，因此 23 歲的喬萬尼奧里帶着弟弟們加入國家軍隊，對抗外敵。

他在 1870 年退役後從事專門的文學創作工作，期間完成他的代表作《斯巴達克思》。這篇作品參考喬萬尼奧里在軍隊時的經歷和體悟，透過描寫金碧輝煌的宮殿和優美典雅的藝術品，突出貴族的腐敗奢華和對奴隸的壓榨逼害，同時歌頌革命者斯巴達克思驍勇善戰、機智聰明的完美英雄形象。

《斯巴達克思》一書是意大利文學中最重要的一本歷史文學作品，當中對於英雄斯巴達克思的描寫甚至影響着後世的作品。

《荒原》—— 20 世紀最具影響力詩作

英國　1888-1965

T.S. 艾略特（T.S. Eliot，1888-1965）是英國著名詩人、評論家、劇作家。他出生於美國，家境優越，學識淵博，對哲學、藝術、心理學等多方面都有所涉獵，知識積累為他日後的寫作風格打下基礎。

艾略特自中學起便開始寫詩，代表作有《普魯弗洛克的情歌》《荒原》《老負鼠的貓經》等。

第一次世界大戰期間，在妻子薇薇安的精神問題和生活貧困的壓力下，他開始經典作品《荒原》的創作，內容大致講述漁王的土地受到詛咒，無法孕育生命，必須等待尋找聖杯的少年來解救他們。

《荒原》是艾略特瀕臨精神危機時創作的作品，以晦澀的手法、藉不同的意象，展現當時西方知識分子的在大戰過後和物慾橫流的年代，精神上荒蕪疲乏的深刻絕望。這部作品被評為 20 世紀最具影響力的詩作，至今仍是英美現代詩歌的里程碑。

1948 年，60 歲的艾略特獲頒諾貝爾文學獎，在有生之年看見自己的成功，非常幸運。

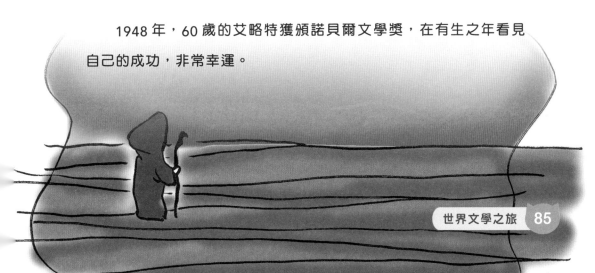

澳洲國寶作家
馬嘉露名作《刺鳥》

澳洲　1937-2015

柯林·馬嘉露（Colleen McCullough，1937-2015），出生於澳洲，是一名品學兼優的醫學生，曾任美國康乃狄克州紐哈芬耶魯大學精神生理學教授，更是一名出色的神經學家。在 1997 年，她被宣布為澳洲「活着的國寶」。

馬嘉露於 1977 年發表的《刺鳥》一共 7 部，是一本家族小說，講述了克利里家族三代人的人生和情感。這部背景發生在澳洲的小說有着獨特的文學氛圍和吸引力，使此書一舉成為澳洲文學的代表作品。

1990 年，馬嘉露發表《羅馬之主》一書，這本歷史小說使她在學界獲得極高的評價，亦因為當中對於歷史的研究和準確把握，讓她獲悉尼麥考瑞大學授予文學博士學位。

《刺鳥》（The Thorn Birds）一書一經發表，隨即成為澳洲最暢銷書、美國十大暢銷書，被譽為澳洲的《飄》，甚至風靡全球，改編成為電影、電視劇，使馬嘉露和《刺鳥》成為澳洲有史以來最著名的作家和最重要的文學作品。

《人間喜劇》—— 巴爾扎克
反映社會百態

法國　1799-1850

奧諾雷‧德‧巴爾扎克（Honoré de Balzac，1799-1850），生於法國，出生不久就被寄情事業的父母送到郊外寄養，1813 年按父親意願，進入巴黎大學法學院學習法律，同時一心為創作累積素材。

1819 年畢業之後，巴爾扎克完成處女作《克倫威爾》，結果不盡如人意。他為擺脫經濟上對父母的依賴，開始撰寫流行小說，也試過棄文從商，可惜都以失敗告終。

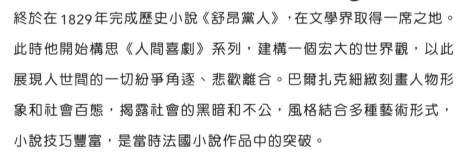

連番挫折卻令巴爾扎克更積極投入創作，終於在 1829 年完成歷史小說《舒昂黨人》，在文學界取得一席之地。此時他開始構思《人間喜劇》系列，建構一個宏大的世界觀，以此展現人世間的一切紛爭角逐、悲歡離合。巴爾扎克細緻刻畫人物形象和社會百態，揭露社會的黑暗和不公，風格結合多種藝術形式，小說技巧豐富，是當時法國小說作品中的突破。

《人間喜劇》被譽為人類文學史上罕見的文學豐碑，被稱為法國社會的「百科全書」。這部巨作包括 90 多篇長篇小說和中、短篇小說，《歐也妮‧葛朗台》和《高老頭》是其中最著名的兩部小說。

書寫心靈羅曼史
—— 霍桑

美國　1804-1864

納撒尼爾‧霍桑（Nathaniel Hawthorne，1804-1864）是美國小說家，在19世紀時開創了美國浪漫主義小說和心理小說的先河，極具影響力。霍桑成長於宗教家庭，一生追求寫作的美夢。他早年喪父，9歲時不幸受傷瘸腳，在霍桑大學畢業後就回到家鄉開始創作。除了當過一段時間海關職員和晚年出任海外公使，

霍桑的一生幾乎都在從事寫作，其代表作有《紅字》《古宅青苔》《福谷傳奇》等，當中《紅字》更是世界文學經典，被改編成戲劇、歌劇、電影等影視作品。

《紅字》是霍桑在妻子索菲婭、好友愛默生、梭羅等人的幫助下寫成的名著，初版已在文學批評界和廣大讀者間引起巨大轟動，令霍桑聲名大噪。

《紅字》講述白蘭因與清教徒牧師有染，因而受到處罰，白蘭需要佩戴一個象徵「通姦」的紅色「A」字示眾，而後者卻逍遙法外。《紅字》文筆優美，運用象徵等手法抒情，內含心理分析描寫，藉以揭示宗教的偏狹和人的偽善，有「心靈羅曼史」的美譽。

詩聖泰戈爾
八歲寫詩

　　羅賓德拉納特．泰戈爾（Rabindranath Tagore，1861-1941）是著名的印度詩人、哲學家，他出生於富人之家，受良好教育。泰戈爾一生曾到不同的地方旅遊，認識到文化之間的差別，令他筆下的東、西方文化描寫尤其細膩，是其寫作特色之一。

　　泰戈爾寫作體裁很廣，從小說、小品文、遊記、話劇，乃至歌曲都有，不過最著名的還是他的詩作。泰戈爾自 8 歲開始寫詩，詩中含有他對宗教哲學的獨到理解，如其作《吉檀迦利》的意譯正是「獻給神的讚歌」，因此很多印度教徒都視泰戈爾為聖人。泰戈爾憑《吉檀迦利》獲諾貝爾文學獎，成為亞洲首位諾貝爾文學獎得主，其代表作有《吉檀迦利》《新月集》等。

　　泰戈爾的詩流傳整個世界，其詩質樸又富生活感。在印度及世界各地，人們都尊稱他為「詩聖」。

　　泰戈爾除了是一位才華洋溢的詩人，更是一位出色的作曲家。令人驚奇的是，印度的國歌《人民的意志》、孟加拉的國歌《金色的孟加拉》，原來是由泰戈爾作曲、作詞的呢！

短篇小說之王
—— 契訶夫

安東‧帕夫洛維奇‧契訶夫（Anton Pavlovich Chekhow，1860-1904），出生於俄羅斯一貧困家庭，母親作為服裝商人的女兒，經常對契訶夫兄弟姐妹講述她往昔和商人父親周遊列國的故事，引起契訶夫對戲劇的興趣，為寫作埋下基礎。

大學時，契訶夫以文學記者的身份為一些幽默刊物寫作，維持生計，其中處女作《給博學的鄰居的一封信》使他開始受到關注。畢業後的契訶夫成為一名醫生，同時陸續發表中短篇的幽默諷刺小說作品。

1887 年，契訶夫到烏克蘭東部旅行散心，受到當地流放犯人的生活環境影響，歸來後開始創作一些寫實的作品，和嘗試創作劇本。之後他完成抨擊沙皇專政的《六號病房》、喜劇《海鷗》和著名的悲喜劇《櫻桃園》等作品。

契訶夫的作品以小人物表現對醜惡現象的嘲笑與對貧苦人民的深切同情。他被稱為「世界三大短篇小說之王」之一，其作品亦被改編成不同語言的舞台劇。

德國的偉大作家 —— 席勒

約翰·克里斯多弗·弗里德里希·馮·席勒（Johann Christoph Friedrich von Schiller，1759-1805），德國著名戲劇家和詩人。與同年代的大文豪歌德，兩人皆為那些年德國文藝界呼風喚雨的文學領袖。

1768 年馮·席勒在拉丁語學校學習期間，被公爵強制選入軍事學院。在學院中，從小就對文學有着濃厚興趣的席勒，透過心理學教師接觸到莎士比亞、盧梭和歌德等人的作品，堅定他從事寫作的決心。

學院中專制的生活使席勒渴望自由，反對專制，1781 年完成的第一部作品《強盜》，正是講述主人翁卡爾追求自由，反抗社會階級的故事。這部作品在當時社會運動氣氛濃厚的時候發表，大受歡迎，席勒也開始他的創作高峯期，先後完成代表作悲劇《陰謀與愛情》、詩歌《歡樂頌》等。

席勒的戲劇作品取材生活，貼近社會現實，戲劇中的人物形象鮮明，又充滿戲劇衝突，因此大受歡迎。除了戲劇作品和詩歌，席勒還是一名歷史學家和哲學家，是德國啟蒙文學運動的代表人物之一。

最偉大的紀實小說
——《憤怒的葡萄》

美國　1902-1968

美國作家約翰·史坦貝克（John Ernst Steinbeck，1902-1968）， 是第一代移民到美國的德國人，他沒修讀完大學就決然申請退學，專注當一名作家。他的作品取材自現實社會，多描述大蕭條時期平民和移民工人的生活，代表作有《憤怒的葡萄》《伊甸之東》《人鼠之間》等，其中《憤怒的葡萄》和《人鼠之間》分別為史坦貝克帶來普立茲小說獎和諾貝爾文學獎的榮譽。

《憤怒的葡萄》被列為美國高中和大學文學課的必讀作品，更改編成荷里活電影。《憤怒的葡萄》講述殺人犯湯姆假釋回家，家裏一貧如洗，他冒着違反假釋條列的危險前往加州，當工資不錯的水果採摘員。不料競爭太大，工資只夠勉強糊口，他更遭受種植園園主的壓榨，最後演變成暴力衝突。湯姆在目賭好友被殺後為他報仇雪恨，並立志為被壓迫者鬥爭。

作為一部長篇紀實小說，《憤怒的葡萄》初出版時是「賣得最快，評價最高，爭論最激烈」的禁書，最後卻成功迫使國會立法資助農民，可說是當時最偉大的作品。

杜斯妥也夫斯基
基層觀察實錄《罪與罰》

俄羅斯　1821-1881

俄國文學家費奧多爾·米哈伊洛維奇·杜斯妥也夫斯基（Fyodor Mikhailovich Dostoyevsky，1821-1881）於莫斯科出生，早年透過童話故事及傳說開始接觸文學，後進入工程學院就讀，靠翻譯書籍賺取外快；1846 年發表作品《窮人》後得以進入聖彼得堡文學圈，其代表作有《罪與罰》《白痴》《窮人》等。其中《罪與罰》就是杜斯妥也夫斯基的重要作品，與《戰爭與和平》並列為最具影響力的俄國小說。

故事主角拉斯柯尼科夫是貧窮的法律系大學生，患有憂鬱症，對「偉人可以捨棄一切道德約束乃至有權力犯罪」的念頭深信不疑。他以斧頭殺死討厭的鄰居老太太，卻又因意外害死其無辜的妹妹而深受罪惡感折磨。他本不信有罪和罰，直到認識虔誠的索妮雅，索妮雅後來更成為他的精神支柱，他才徹悟自己所犯的罪。

杜斯妥也夫斯基作品的主角多為社會底層人物，他能細緻地刻畫這些小人物的心理、乃至他們的想法所導致的行為等。杜斯妥也夫斯基注重人性的發掘，魯迅稱他是「人類靈魂的偉大審問者」，美國哲學家瓦爾特·阿諾德·考夫曼更認為他是存在主義的奠基人。

天才橫溢
王爾德

愛爾蘭　1854-1900

奧斯卡・王爾德（Oscar Wilde，1854-1900），生於愛爾蘭，著名作家、詩人、劇作家，英國唯美主義藝術運動的倡導者。他家境良好，父親是爵士，母親是詩人。王爾德於 19 世紀 80 年代創作多種形式的作品，其後成為倫敦最受歡迎的劇作家之一。

1874 年他進入牛津大學莫德林學院學習。在牛津，王爾德接觸不少學派和思想，奠定其寫作基礎。王爾德是一名劇作家，但最著名的作品是 1888 年出版的童話集—《快樂王子與其他故事》和《夜鶯與玫瑰》。

而王爾德最大的成就是在戲劇方面，他的每一部戲劇作品都受到大眾的熱烈歡迎，有一個時期，倫敦的舞台同時上演着他的三部作品。他的佳構劇《不可兒戲》《溫夫人的扇子》等十分優秀，至今仍廣受歡迎，被世界各地改編成舞台劇演出。

記者與戲劇家的 雙重身份 —— 蕭伯納

　　蕭伯納（George Bernard Shaw，1856-1950），出身英國，是著名劇作家和倫敦政治經濟學院的聯合創始人。父親是法院官吏，經商破產後酗酒，母親帶他離家出走到倫敦教授音樂。受到母親的薰陶，蕭伯納從小就愛好音樂和繪畫。中學畢業後，曾任抄寫員、會計，並在報章寫劇評和樂評。後來他加入報社，以社會改革為己任，曾到蘇聯、中國採訪。

　　蕭伯納的創作中，戲劇成就很高，代表作包括歷史劇《聖女貞德》，戲劇《賣花女》，而《賣花女》曾被改編成音樂劇《窈窕淑女》，之後又改編為荷里活同名電影，女主角由著名演員柯德莉·夏萍飾演，因而家喻戶曉。

　　除了作為記者，蕭伯納也擅長以黑色幽默的戲劇形式來揭露社會問題，他一生創作過超過60部戲劇，風格多為幽默諷刺，在 1926 年因為「作品具有理想主義和人道主義」而獲 1925 年度的諾貝爾文學獎。

以知識為信仰：
培根《論人生》

英國　1561-1626

法蘭西斯・培根（Francis Bacon，1561-1626）是著名的英國哲學家、文學家，也是出色的政治家、科學家、法學家。培根出生於倫敦貴族家庭，年少聰敏，12 歲入讀劍橋大學修讀神學和形上學，小小年紀已被伊莉莎伯女王稱為「我的小掌璽大臣」。然而晚年他被控受賄，遭罷免一切官職。

培根的代表作有《學術的進展》《論人生》《新工具》等。其中《論人生》是涵蓋他的思想和情感的傾力著作，1597 年的初版只有 10 章，因迴響極佳而續寫、反覆斟酌，現存版本於 1625 年成書，已收錄 58 篇文章。

《論人生》文辭精練，文筆詼諧，在探討真理、困厄、嫉妒等問題上，培根別有獨到見解。

培根創立科學歸納法，大大推動了新科學運動的發展，他深信「知識就是力量」，在《論人生》中他說：「真理的探求、真理的認識和真理的信仰，乃是人性中的最優之點。」

魯埃爾・托爾金
魔戒故事

英國　1892-1973

　　英國作家魯埃爾・托爾金（J.R.R. Tolkien，1892-1973）被稱為「現代奇幻文學之父」，他的代表作有《哈比人》《魔戒》等長篇古典奇幻作品。托爾金的作品擁有完整而引人入勝的世界觀，有獨特的種族設定，以奇幻冒險為主題，對後來的奇幻小說世界觀影響頗深。

　　托爾金的作品多取材於現實，與他天馬行空的幻想世界交融後，成就一片獨特的奇幻天地。如他的作品《魔戒》中，就藉多方勢力對魔戒的爭奪，希望向讀者傳遞珍惜和平的訊息。其核心設定就有精靈、巫師、食人妖等奇幻種族，亦成為後來不少奇幻作品參考的始祖。

　　托爾金經歷過兩次世界大戰，但他的內心卻未被俗世所污染。60年代反主流文化運動使托爾金的作品大受關注，但他本人對成為別人追捧的對象並不太感興趣。現實的黑暗，反而在他充滿奇思妙想的腦袋中結成豐盛的果子，感染萬千讀者，其後他的作品更被改編為轟動一時的電影。

吳爾芙呼喚
女性獨立

英國　1882-1941

維珍尼亞·吳爾芙（Virginia Woolf，1882-1941），英國作家。1915 年，她的第一部小說《遠航》出版，其後作品都深受評論界和讀者喜愛。吳爾芙被譽為 20 世紀偉大的小說家，現代主義文學潮流的先鋒；她對英語語言革新良多，在小說中嘗試意識流的寫作方法，試圖去描繪在人們心底的潛意識。

吳爾芙早年受到的傷痛太深，故一直患有嚴重的憂鬱症，1941 年 3 月 28 日，她在自己的口袋裏裝滿石頭之後，投入她家附近的歐塞河自盡而終。

她最知名的小說包括《達洛維夫人》《到燈塔去》《雅各的房間》《奧蘭多》及散文《屬於自己的房間》等。其中《屬於自己的房間》指出，女人必須有她自己的收入及獨立的房間。這篇作品具有「女性獨立」的文化隱喻，作為一個試圖改寫「無歷史地位」的女性處境的作品，在吳爾芙那個時代，確實具有革命前瞻性。

《屬於自己的房間》以機智、諷刺的散文抒情形式，為女性在一個由男性支配社會中所受到的歧視、排擠和侮辱，發出不平之鳴。文集中通過以「Mary」為共同名字的虛構人物，呼喚所有女性「成為獨立的自己」！吳爾芙在文學上的成就和創新至今仍有影響。

賽珍珠：將中國傳遍世界的《大地》

美國　1892-1973

美國作家賽珍珠（Pearl Sydenstricker Buck，1892-1973），是第一位同時獲得普利策小說獎和諾貝爾文學獎的女作家，亦是作品流傳語種最多的美國作家。其代表作有自傳《橋》，小說《大地》《東方西方》等。

賽珍珠有一段頗長的旅華經歷。1892年，她還在襁褓時期已隨父母來到中國，先學會漢語，再在母親的薰陶下學習英語和開始寫作。她到美國考取學位後，再次回到中國，後來嫁給農業經濟學家約翰·洛辛·卜凱，並移居安徽。這段時間的經歷，為她日後的名著《大地》提供大量寫作素材。

《大地》是賽珍珠創作的一部長篇小說，她以女性柔軟而同情的筆觸，配合白描手法，寫實而生動地把中國農民的勤勞、善良，及其生活中的喜怒哀樂，活靈活現地呈現在讀者眼前。小說出版後傳遍世界，成功扭轉西方人對中國「歷史悠久」「軟弱落後」等刻板印象，可以說透過賽珍珠的文筆，把一個寫實的中國傳遍世界。

世界文壇一顆耀眼流星
── 莫泊桑

法國　1850-1893

　　亨利・莫泊桑（Henry-Maupassant，1850-1893），法國作家，被譽為「短篇小說之王」，名作有《項鍊》《羊脂球》《漂亮朋友》等。莫泊桑是現實主義作家，與契訶夫和歐・亨利合稱「世界三大短篇小說巨匠」。

　　莫泊桑出生於法國諾曼第，母親喜愛文學，他深受薰陶，少年時代已開始寫詩。1873年，他拜著名作家福樓拜為師，學習文學創作。福樓拜認為「天才，無非是長久的忍耐」，對他鼓勵有嘉，也激發他努力不倦。1879年創作的《羊脂球》，是莫泊桑成熟之作，亦令這位作家迅即蜚聲法國文壇。

　　莫泊桑的短篇語言率真，在揭露上流社會的壞風氣同時，又對卑微的小市民寄予無限同情，常以生活中的小片段，以小見大地反映現實。正因描繪的生活面極其廣泛，往往能真切呈現19世紀法國社會的面貌。

　　莫泊桑只活了43個年頭，他彷彿一顆耀眼流星掠過，可幸一生創作無數，共留下6部長篇小說、359篇中短篇小說及3部遊記，被公認為法國文學史上成就最高的作家之一。

風靡蘇聯的
革命小說《牛虻》

愛爾蘭　1864-1960

　　艾捷爾・麗蓮・伏尼契（Ethel Lilian Voynich，1864-1960），愛爾蘭的小說家、音樂家，更是一名革命支持者，其代表作為《牛虻》。伏尼契在倫敦時結識了一些愛國的流亡革命者，驅使她開始創作以意大利人民革命為主題的小說《牛虻》。

　　《牛虻》的主角亞瑟自小在養父母家庭長大，是一位信仰虔誠、氣質憂鬱、內心樸素善良的年輕人。在接觸到意大利革命黨後，亞瑟覺得只有參與革命才能填補他空虛的心靈，成為一名真正的基督徒；然而他在向神父懺悔愛情時無意中泄露了黨人的秘密，因此被黨員視作叛徒。在歷經愛情、革命夢想的多重失意，亞瑟化名牛虻，終在革命中犧牲自己。

　　伏尼契在蘇聯極受歡迎，甚至有蘇聯天文學家以她的名字為新發現的小行星命名。因為《牛虻》描繪出理想的革命人物，頌揚為革命獻身的精神，故被蘇聯指定為必讀書。《牛虻》售出超過 250 萬本，其後更兩次被改編成同名電影。

西蒙波娃《第二性》
—— 婦女解放聖經

西蒙・波娃（Simone de Beauvoir，1908-1986），法國作家，更是 1970 年代女權運動的創始人及重要理論家。

波娃的父親把他對於文學的喜愛都傳承給孩子。在他看來，世間最美麗的職業莫過於當一名作家。他認為唯有學習可解救女兒未來的生活。

1949 年，波娃所撰寫的《第二性》出版並引起極大迴響，亦是她最重要的作品之一，被認為是女權運動的「聖經」。在《第二性》中，波娃言道：「我們並非生來為女人，我們是成為了女人。」帶出婦女的真正解放是必須獲得自由選擇生育的權利之主旨。這本書在美國引起轟動，對 20 世紀 60 年代的女權主義有着極大的推動力。

1954 年，憑藉《名士風流》，波娃獲得龔古爾文學獎，也成為了世界上擁有最多讀者量的作家之一。

波娃的著作有小說、議論文、傳記等，著名小說有《女客》《名士風流》，哲學散文《第二性》等。她和存在主義哲學家薩特是非傳統的伴侶關係。

完美寫實大師
── 福樓拜

法國　1821-1880

　　古斯塔夫・福樓拜（Gustave Flaubert，1821-1880）出生於醫生世家，但本人卻攻讀法學，後因病輟學，藉豐厚的遺產過活，文學創作幾乎是他生活的全部。他的作品奉行寫實主義，反對浪漫主義強調主觀直覺、想像的表現手法，正式落筆前總要做大量的資料搜集、實地考證，下筆時絕不摻雜個人評價，務求以客觀、冷漠的筆鋒讓文章的每一個細節都反映現實的走向。

　　《包法利夫人》是福樓拜的第一部長篇小說，也是寫實主義小說的經典。故事講述一名對愛情與激情富有幻想的婦女愛瑪，不甘於平淡的婚姻生活而出軌，從此踏上揮霍無度的激情生活，最後因欠下巨債又被情人所棄而服毒自殺。

　　由於小說內容過於真實地反映 19 世紀法國各階層人物的實況，即使福樓拜再三聲明《包法利夫人》僅是虛構故事，還是逃不了對號入座的人控告他「有傷風化」，幸好最終得群眾同情和支持才能脫罪，足見他的作品確能「完美」反映現實。

歐洲文學的傳奇
——《紅與黑》

法國　1783-1842

司湯達（Stendhal），本名馬利-亨利·貝爾（Marie-Henri Beyle，1783-1842），出生於法國一律師家庭，7歲喪母，一生對政治充滿激情，但貧困潦倒；愛情失意，曾數次試圖了斷寶貴生命。

他的一生伴隨着政治和愛情，代表作《紅與黑》講述下層青年于連奮力想要做上等人，出人頭地的故事。小說發表後，由於題材和獨特的寫作手法，在當時完全不受大眾甚至學界重視。

這位默默無聞的作家卻充滿自信，並預言日後的成功，果然應驗。

《紅與黑》一書中有大量的心理描寫，其藝術手法開創後世「意識流小說」的先河，問世五年後，它的耀眼光芒才被發現。大家推舉司湯達為最重要和最早的現實主義實踐者之一，是法國現實主義文學先驅，因此司湯達被譽為「現代小說之父」。現今甚至有着專門研究司湯達和《紅與黑》的學科和刊物《司湯達俱樂部》。

環保抗命先鋒
梭羅

美國　1817-1862

　　亨利・大衛・梭羅（Henry David Thoreau，1817-1862）是美國作家、詩人、哲學家和廢奴主義者，他學識淵博，在哈佛大學攻讀修辭學、經典文學、哲學、科學和數學。畢業後梭羅移居湖畔，嘗試閒適的隱居生活，他極力提倡環境保護，認為應停止浪費，破除迷思，才能體會生命的本質。

　　梭羅直言：「大部分的奢侈品和所謂的舒適生活，不僅可有可無，甚至可能會阻礙人類昇華。」其代表作有《湖濱散記》《公民不服從》等。《湖濱散記》記載了他在瓦爾登湖的隱逸生活；而《公民不服從》一書則探討面對政制體系的不義，公民應可採取合理的違法行為抗爭，如梭羅到處演講提倡廢奴，這種公民抗命的見解更是直接推動印度聖雄甘地及馬丁・路德・金等以違法達義的手法為人民爭取權益。

　　梭羅並不反對文明，但認為自然和文明生活應該更無間地結合，可以說是環保和公民抗命的先鋒。

離經叛道的守護者
《麥田捕手》

傑洛姆・大衛・沙林傑（Jerome David Salinger，1919-2010）是一位美國作家，中學時期起開始小說創作，經歷過二次世界大戰，其短篇小說多刊登於《紐約客》，但真正使其聲名大噪的作品卻是於 1951 年發表的長篇小說《麥田捕手》。

《麥田捕手》是他退伍後的顛峯之作，初出版已引起巨大轟動，極受青年人歡迎，被《時代》雜誌評為「百大英語小說」，隨後更被翻譯成多國版本。

《麥田捕手》講述青年胡登因成績差而被學校開除，感受到來自生活壓力的各種挫敗。他吸煙、喝酒，滿嘴粗言穢語，後來在妹妹斐林的開導下想通問題，覺得自己有使命守護在麥田上玩耍卻誤進懸崖的孩子。沙林傑以第一人稱細膩地描寫青少年的心理，文字富感染力；但當中胡登行為離經叛道，當時不少圖書館怕年輕讀者會學壞，把它列作禁書；此書現在卻成為不少美國學校的指定讀物。

沙林傑之後的作品都不及《麥田捕手》的反響熱烈，晚年更是遠離人羣居住。可以說，《麥田捕手》遠比他本人更廣為人知。

亞瑟・米勒創造「美國夢」

美國　1915-2005

　　亞瑟・米勒（Arthur Miller，1915-2005），猶太裔美國劇作家，經濟大蕭條後，家道中落，後靠自己努力掙扎，在密西根大學新聞系畢業後，開始從事劇本創作。他是一名多產而質量高的劇作家，代表作有《推銷員之死》《薩勒姆的女巫》《吾子吾弟》等。特別是《推銷員之死》，為米勒贏得包括普利策獎在內的三項大獎，令他成為舉國知名的作家。

　　《推銷員之死》是舞台劇本，主角威利年輕時是一位出色的推銷員，但在時代的改變和他的身體狀態轉差後，逐漸喪失追逐「美國夢」的能力。《推銷員之死》運用情境再現、意識流等創作手法，讓讀者見證威利想靠自己雙手發家的美國夢如何破滅，表達了對當時資本主義下美國夢的強烈批評。

　　米勒的作品能在美國引來巨大迴響，和他着重取材於生活、社會、家庭等題材有關；從他的作品中反映出人們重視的道德價值和社會責任，不流於商業化和娛樂功能，是其成功的重要原因。

最偉大詩人 —— 葉慈

愛爾蘭 1865-1939

威廉·巴特勒·葉慈（William Butler Yeats，1865-1939），被詩人艾略特譽為「當代最偉大的詩人」。他不但是愛爾蘭詩人、創作家，更曾擔任劇院決策人、愛爾蘭國會參議員等職。他以傳統詩歌的形式，譜出了一首又一首動人的英文詩作。

葉慈曾於 1923 年以「其高度藝術化且洋溢着靈感的詩作表達整個民族的靈魂」而獲得諾貝爾文學獎。他在兩年後發表短詩《瑞典之豐饒》，以誌心意。

1925 年，葉慈出版散文作品《靈視》，其中推舉柏拉圖、布列塔諾及幾位現代哲學家的觀點，以證自己的占星學、神秘主義及歷史觀點，被譽為嘔心瀝血之作。

晚年時，葉慈搬遷至都柏林近郊，仍繼續出版許多詩集、戲劇及散文，當中包括高峯之作《駛向拜占庭》等，葉慈透過此詩表達對古老神秘東方文明的響往。

薩特一生探求真理

尚‐保羅‧薩特（Jean-Paul Sartre，1905-1980），20世紀的著名法國哲學家，同時是作家、劇作家和政治家。

出生於法國巴黎的富裕家庭，文學底子極佳的薩特；在二戰時期寫出了對後世極具影響的哲學作品——《存在與虛無》，成為法國存在主義運動的奠基之作。

薩特希望透過《存在與虛無》這本哲學專著，把自己多年對人與世界關係的思考寫出來。沙特認為人類有絕對的自由。他說：「因為一個人並非自願存於世上，然而一旦存在，他就是自由的，同時也要對自己所做的一切負責。」

薩特另一部作品《嘔吐》，於1964年獲得諾貝爾文學獎。諾貝爾評委員認為《嘔吐》「具原創性、充滿自由及探求真理的精神」。

薩特與終生伴侶、1970年代女權運動的理論家西蒙‧波娃，兩人哲學思想相近，一生互相扶持，不離不棄。

文學巨匠
尤金・奧尼爾

美國　1888-1953

尤金・奧尼爾（Eugene O'Neill，1888-1953），美國著名劇作家，表現主義文學的代表作家。

他一生創作獨幕劇 21 部，多幕劇 28 部，四次獲普利策獎。1936 年更憑《天邊外》獲得諾貝爾文學獎。奧尼爾的劇本風格多元，甚至結合神話和傳統莎士比亞戲劇的獨白形式，使用面具演出等等，打破了 19 世紀傳統戲劇的表現方式，因此被譽為「美國現代戲劇之父」。

奧尼爾另一部傳世作品《長夜漫漫路迢迢》，描述早年個人家庭中愛恨交織的悲劇。在劇本扉頁上，奧尼爾致言太太：

「最親愛的：我把這部戲，這部消除舊恨、用淚和血寫的戲的原稿獻給你。」

諾貝爾文學獎首位女得獎者 —— 塞爾瑪

瑞典　1858-1940

　　塞爾瑪‧拉格洛夫（Selma Lagerlöf，1858-1940），瑞典作家與教師。1891 年，塞爾瑪的第一部文學作品《戈斯泰‧貝林的故事》出版，故事以一位年輕牧師的遭遇為主要情節，這本暢銷書使塞爾瑪一躍成為瑞典的著名小說家。短篇小說集《有形的鎖環》《假基督的故事》《古代斯堪的納維亞神話集》和《耶路撒冷》，皆是她流傳於世的作品。

　　1902 年，塞爾瑪受瑞典國家教師聯盟委託，為孩子們編寫一部以故事形式來介紹地理學，生物學和民俗學等知識的教科書。這部以童話形式寫成的長篇小說《騎鵝旅行記》出版後深受歡迎。1909 年，她由於「作品中特有的高貴的理想主義、豐富的想像力、平易而優美的風格」獲得諾貝爾文學獎。塞爾瑪是瑞典第一位得到這一榮譽的作家，也是世界上第一位獲得這一文學獎的女性。

　　1940 年 3 月 16 日，塞爾瑪在莊園因腦溢血而去世。在去世前不久，這位女作家還以她個人的影響力，從集中營裏救出了猶太女作家奈莉‧薩克斯女士及她的母親。

　　時至今日到瑞典旅遊，你會發現塞爾瑪的肖像出現在瑞典貨幣 20 克朗鈔票上呢！

文學主義知多少？

人文主義（14 世紀）

14 世紀到 16 世紀時，歐洲曾掀起一場思想文化運動，稱之為文藝復興。當時文學作品主題大多表現出人文主義的思想，主張個性解放，提倡科學文化，肯定人權，以理性和仁慈為核心價值。

代表作家：拉伯雷、但丁、薄伽丘等

法國古典主義（17 世紀）

古典主義指推崇古時某一時期的作品風格為最高標準，並試圖模仿創作。如 17 世紀時法國興起以古希臘、羅馬文學為模版的文學思潮，當時作家以古希臘、羅馬文學為典範，借古喻今。

代表作家：莫里哀、弗朗索瓦・德・馬勒布、皮耶・高乃依等

浪漫主義（18 世紀末至 19 世紀上半葉）

　　浪漫主義是始現於 18 世紀晚期的一種創作手法，主張從作者內心出發，通過作品反映現實，繼承並發揚自文藝復興時期的人文主義。文學作品多使用熱情、瑰麗的語言，還有誇張的手法創造人物形象。

代表作家： 雪萊、濟慈、拜倫、雨果等

寫實主義（19 世紀至 20 世紀初）

　　寫實主義起源於 19 世紀，與當時同樣流行的浪漫主義恰恰相反，主要是描寫社會真實的情況。除了文學上可以使用寫實主義，還有繪畫、戲劇等多樣的表現形式。

代表作家： 巴爾扎克、托爾斯泰、馬克‧吐温等

超驗主義（19世紀）

　　超驗主義興起於1830年代，又被稱為「美國文藝復興」，主張人能超越感覺和理性直接認識真理，人類世界的一切都是宇宙的縮影。

代表作家：愛默生、亨利‧大衛‧梭羅

魔幻現實主義（20世紀）

　　魔幻現實主義在20世紀開始流行。主要風格是把世界描寫得荒誕古怪、反覆無常，因果關係常常會不合乎現實狀況。

代表作家：加西亞‧馬奎斯、胡安‧魯爾福、米格爾‧阿斯圖里亞斯等

存在主義（20 世紀）

　　存在主義是 20 世紀中流行的哲學思想，主張「存在先於本質」，人沒有義務遵守某個道德標準或宗教信仰，卻有選擇的自由。在存在主義的作品中，每個人都有選擇的自由，但每個人的自由可能影響他人的自由。

代表作家：齊克果、卡繆、尼采、薩特等

表現主義（20 世紀）

　　表現主義在 20 世紀初開始流行，作品着重表現藝術家內心的情感，重視主觀世界，特別是精神、情緒、思想的赤裸的強烈的呈露。作品往往表現為對現實的扭曲和抽象化，是內心世界對現實的映照。

代表作家：卡夫卡、約翰‧奧古斯特‧斯特林堡、戈特弗里德‧貝恩等

後現代主義（20 世紀下半葉）

　　後現代主義是第二次世界大戰之後，對於現代主義發展和延伸的產物，是對現代主義的反叛和決裂。後現代主義文學主張反對傳統，摒棄「文以載道」的形式。

代表作家：米歇爾·布托爾、傑克·克魯亞克等

白貓黑貓系列：趣味學世界文學

作　　者　　方舒眉

插　　圖　　馬星原

責任編輯　　中華書局教育編輯部

裝幀設計　　小　草

排　　版　　黎品先

印　　務　　劉漢舉

出版　　中華書局（香港）有限公司
　　　　香港北角英皇道 499 號北角工業大廈 1 樓 B
　　　　電話：（852）2137 2338　　傳真：（852）2713 8202
　　　　電子郵件：info@chunghwabook.com.hk
　　　　網址：http://www.chunghwabook.com.hk

發行　　香港聯合書刊物流有限公司
　　　　香港新界大埔汀麗路 36 號　中華商務印刷大廈 3 字樓
　　　　電話：（852）2150 2100　　傳真：（852）2407 3062
　　　　電子郵件：info@suplogistics.com.hk

印刷　　中華商務彩色印刷有限公司
　　　　香港大埔汀麗路 36 號中華商務印刷大廈 14 字樓

版次　　2019 年 3 月第 1 版第 1 次印刷
　　　　© 2019 中華書局（香港）有限公司

規格　　16 開（230mm x 170mm）

ISBN　　978-988-8572-47-2